把自己站成一棵挺拔的树

红酒 著

与文学名家对话·中国当代获奖作家作品联展

主编 高长梅 王培静

花山文艺出版社

图书在版编目(CIP)数据

把自己站成一棵挺拔的树 / 红酒著.—石家庄:花山文艺出版社, 2013.7(2021.6 重印)

(与文学名家对话:中国当代获奖作家作品联展 / 高长梅,王培静主编)

ISBN 978-7-5511-1690-9

Ⅰ.①把… Ⅱ.①红… Ⅲ.①小小说-小说集-中国-当代②散文集-中国-当代 Ⅳ.①I217.2

中国版本图书馆CIP数据核字(2013)第 292221 号

丛 书 名:与文学名家对话:中国当代获奖作家作品联展
主　　编:高长梅　王培静
书　　名:把自己站成一棵挺拔的树
作　　者:红　酒

策　　划:张采鑫
责任编辑:于怀新
责任校对:齐　欣
特约编辑:李文生
全案设计:北京九洲鼎图书有限公司
出版发行:花山文艺出版社(邮政编码:050061)
　　　　　(河北省石家庄市友谊北大街 330 号)
销售热线:0311-88643221
传　　真:0311-88643234
印　　刷:永清县晔盛亚胶印有限公司
经　　销:新华书店
开　　本:710×1000　1/16
字　　数:105 千字
印　　张:8.5
版　　次:2013 年 7 月第 1 版
　　　　　2021 年 6 月第 2 次印刷
书　　号:ISBN 978-7-5511-1690-9
定　　价:32.00 元

(版权所有　翻印必究·印装有误　负责调换)

目 录 CONTENTS

第一辑　灵魂独行

灵魂独行 ———————————— 002

青花龙凤瓶 ———————————— 003

四月傻瓜 ———————————— 005

出门左拐 ———————————— 009

部落穿越 ———————————— 011

心底有段戏 ———————————— 014

第二辑　碎碎念

把自己站成一棵挺拔的树 ……… 018

小小女孩 ……… 020

韩国人恩今 ……… 023

凤头银簪 ……… 025

闺中蜜友 ……… 027

白兰黑蝶 ……… 029

碎碎念 ……… 031

絮絮叨叨说出行 ……… 033

情系关山 ……… 036

CONTENTS

第三辑　琐事闲侃

莲花·净土 —————————————— 042

三奶奶 ———————————————— 044

故乡老屋 —————————————— 047

琐事闲侃 —————————————— 049

雅聚有感 —————————————— 052

说说杀鸡 —————————————— 054

速写猫趣 —————————————— 055

散散淡淡话七夕 ——————————— 057

竹林情结 —————————————— 059

第四辑　岁月如歌

尽管灯火璀璨 ················· 064

岁月如歌 ····················· 065

今年雪，去年雪 ··············· 068

乱炖茶坊 ····················· 071

人已去，墨留香 ··············· 079

会吹口哨的鸟 ················· 082

伴随一生唯有 ················· 083

CONTENTS

第五辑　会开花的肩

花奶奶 …………………………………………… 088

会开花的肩 ……………………………………… 091

古镇年画 ………………………………………… 094

茹先生 …………………………………………… 097

坯王 ……………………………………………… 099

花绣鞋 …………………………………………… 102

一条叫噜噜的狗 ………………………………… 105

潮女莫晓丽 ……………………………………… 109

张三的故事 ……………………………………… 114

第一辑　灵魂独行

把自己站成一棵挺拔的树

 灵魂独行

清晨，合上书本，泡一壶金骏眉，茶香瞬间弥漫开来。凭窗眺望，我惊奇地发现，下雪了。

乍暖还寒的季节，却有纷纷扬扬的雪花漫天飞舞，白了树枝，白了房顶，白了原野，极目之处一片银白。我出神地凝望着那雪优雅落地，转眼融化，似乎从雪融中悟出了些什么……

读罢一本书，就完成了灵魂的一次交流。书，铺开一条永恒、短暂且唯一的路，供每一个灵魂在交流中行进——王蒙如是说。

灵魂，不同于任何一物，它只可独占不能共有。每一个灵魂都固守一处，它的行走，只为完成这个目标。

对我来言，书不是老师，不是朋友，只是给蒲松龄讲故事的过客，只是给大仲马挂小说的钉子。听听书的倾诉，悟悟书的喜怒，而交流过后所留下的，仅仅是自己孤独的脚步声。

我曾默默地伴着余秋雨走过那无尽的《文化苦旅》，微笑着眺望中华文化五千年的沧桑，也曾静静地坐在《花花草草》里，呆呆地慨叹周瘦鹃演绎如梦的人生。我还曾轻轻地接受一种闻所未闻的《暗示》，倾听韩少功那对传统文化心理的"寻根"。看淡了三国的刀光剑影，轻松于西天的千难万险，玩笑着儒林的心酸苦涩，再拍拍那可悲的麦田守望者，拥拥可怜的无形人，抱抱可叹的小公务员后，我只能默默地眺望、深深地叹息，因为我的灵魂不能因路上某一段的锦华而停留，只能看淡、轻松、玩笑。因为我的灵魂不能因路上的某一段的艰涩而回头，只能拍拍抱抱拥拥。灵魂，我那孤独的灵魂一直在孤独地行进。

我所做的，只是静静地享受这份孤独——这份超脱友谊、永别寂寞的孤独。在与它一次次的交流后，任谁也不能阻塞我

前进的道路，不能限制我飞翔着的思想。于是我明白了：书，不能是改变，只能是催化；不能是拐杖，只能是翅膀。

没有什么可以从真正意义上帮我孤独的灵魂去行走，所以我的灵魂只能孤独地走下去。其实，细细想来，不单单是我，对于每一个灵魂而言都是如此。为了使我们的思想在蓝天中翱翔，我们不能因脚下的这条片言只语成就的路褪去孤独，学会依赖，褪去寻找，学会拥有。我们只能让灵魂独行。

周国平说："灵魂之所以独行，是因为每一个人只有自己寻找，才能找到他的上帝。"我接着说：笑过、怒过、骂过、哭过都罢了，但不能让书的定式将你迷惑、困扰，这样它会将你埋藏。行进中要让自己的灵魂永远充斥自己的思想。灵魂，永远只能独行。

我迷醉在金骏眉的氤氲茶香中，触摸心灵深处的摇铃，静看春雪融融，倾听流水淙淙……

青花龙凤瓶

有只青花瓷瓶，就放在我家书房飘窗处。

那青花龙凤瓶细脖凸肚造型独特，瓶口如喇叭花向天而歌，长长的瓶颈被六根凤尾团团缠绕，至瓶口一段距离时那图案却戛然而止，收得干净利落没一点儿过渡，唯留一节白，像美人光洁的颈项。瓶肩处，散散的七瓣花新蕊初绽，似有暗香袭来。三龙二凤，回首凝望。龙飞凤舞，动感十足。腾云驾雾之间，尚有缠枝梅花伴龙衬凤。

"帘外芭蕉惹骤雨门环惹铜绿，而我路过那江南小镇惹了你……"

　　一个"惹"字，让人情难自禁，浮想联翩，柔肠百转，欲说还休。《青花瓷》这首歌像一枚纤细的绣花针，轻轻一点，有关青花的记忆即刻便被激活了。

　　早些年家里有个小盐罐儿。若是照准确处说，鼓肚阔口称罐，细颈为瓶。我家那盛盐容器上下匀称，通体一般粗细，该称为缸。只是缸有大小，所以，我该叫它小盐缸才是。

　　说不清什么原因，小时候对那青花小缸颇感兴趣，我还记得它底部有款，记不清什么字了。我问外婆，这是个宝贝吧？外婆边做针线活儿边漫不经心地说，老古董了，不是稀奇东西。

　　她说的老古董不是真正意义上的老古董，而是不值一提的意思，就跟老家酿醋的大瓮一样不算个玩意儿，不值钱的。后来有年秋阴雨连绵，邻家盖房地基内存水殃及我家，房倒屋塌，那青花小盐缸自然成了碎片。

　　时光匆匆而过，童年时的记忆也成了碎片，真正将碎片拢成堆拼接成形的却是这首《青花瓷》。

　　有人说周杰伦唱得好才把众人给颠倒了。我说我不是，我是被词作者方文山颠倒的。那无比惊艳的歌词不是唐诗也非宋词，却温婉雅致到了极点："天青色等烟雨，而我在等你。炊烟袅袅升起，隔江千万里。在瓶底书汉隶仿前朝的飘逸，就当我为遇见你伏笔……"这几句貌似诗眼，是整首曲子中的点睛之笔，难怪有人将《青花瓷》比喻成藏在釉色里的文字秘密，反复吟唱，越发觉得深情唯美意境深远，不惊处自有一番惊心。

　　青花瓷创烧于唐代，成熟于元代，盛行于明代，至今已绵延了1000多年。唐代青花经过初创期后，还没有怎么发展就走向了衰败。而元代青花一出现，便挟风裹电石破天惊。"如轻云宿墨，似春溁泛幽；甚可夸，浮梁瓷器白无瑕，巧借蓝色写青花。"诗人周晋的一首《咏瓷花》，尽现青花古韵。

马未都先生说,"青花是中国传统文化中的大众情人"。如今,这个情人700岁了依然风姿绰约颠倒众生,即便是经风沐雨再过上800年、1000年,青花美人的容颜依旧不改。

窗外有柔柔的光斜斜地射进来,再细细端详我的这只青花瓷瓶,突然对这三龙二凤心有不解,若是成双成对也就罢了,可偏偏有条龙落单儿,思索良久,才找了个比较满意的理由,可能这龙凤瓶的设计者突出个"戏"字吧?记得有出戏叫《游龙戏凤》,眼前这青花龙凤瓶,也不晓得究竟是龙戏凤还是凤戏龙。

"素胚勾勒出青花,笔锋浓转淡。冉冉檀香透过窗,心事我了然……"

耳边隐约有歌……

四月傻瓜

一惊一乍地告诉别人:被愚了。

我居然糊里糊涂地做了一次"四月傻瓜"。

其实,我应该知道那天是个什么日子。之所以疏忽,是我一早便被蜜友淡竹安排好了一整天的活动。淡竹说花开了,赏不赏?赏——就一个字!于是,呼朋邀友3辆车一路呼啸着到了郊外桃花园。

至于在桃花园里如何赏花如何疯狂省略不表,单说回程途中朋友车里一个劲儿猛放张国荣的歌,听来听去,数《红蝴蝶》最能打动人。

张国荣的嗓音很磁性且有些特别。《黑夜里最黑的花》一

把自己站成一棵挺拔的树

书的成都女作家洁尘这样评说:"听听那一把嗓子,那把地地道道原汁原味的男人的暗嗓,就会知道,这中间有一种深刻的绝望。"

我喜欢张国荣是从《东成西就》开始,他在剧中扮演黄药师,与王祖贤饰演的小师妹在一处林子旁展示了绝世神功"干柴烈火掌"和"眉来眼去剑"。这部有着众多超级大腕出镜的经典喜剧赚走了我许多许多的笑声,所以我买了一张碟永久珍藏。后来张国荣选择在愚人节那天一个转身壮烈地走开后,我还写过一小段文字怀念他,我说我从此不忍再看《霸王别姬》和《胭脂扣》。当然,《东成西就》那部喜剧影碟也被我就此雪藏……

反复听他的歌,也没跟愚人节联系,脑子里想的全是他把生命的钟表永远定在46岁,岁月再义无反顾地前行也跟他无关,即便是800年过去,人们还能记着的、提到的,也是张国荣英俊潇洒的模样。他崇尚唯美,所以走得决绝,单是这勇气也能让众人叹服。

如今再听《红蝴蝶》还真听出了绝望,很深刻的绝望……

说了这么多废话的意思还是在强调4月1日是愚人节。好了,从现在开始言归正传。

话说赏花归来,原是要和红玉一起吃鱼的,于是就短信力邀死党牙签。

牙签不叫牙签,牙签是我对死党的昵称,因为那家伙一副苦大仇深饥寒交迫超骨感的模样,想必就是埋在猪肚子里也不见得他能长胖多少。当然这个昵称从不敢当面叫起,因为我怕叫了牙签他会越来越像牙签。

我短信那会儿估计牙签正忙着挂网打双升,对我一直不理不睬。不见回音,等得心烦,红玉边打着哈欠边絮絮叨叨地说她昨夜和人品了"七泡有余香"的铁观音茶,死活睡不着,瞪着大眼山羊绵羊白羊黑羊数到半夜,今儿又疯一天,困得要死。

牙签不回话，俩人吃鱼没劲，散了吧。

很没意思地折回。谁知刚进家门儿，牙签回话了，说在哪儿吃饭？给我留个位置。

牙签这家伙老是考验我的快速反应能力。我说我刚回到新区家里，要不你过河来吃顺天肥牛吧？我也就这么一说。谁知他连声说好好好，5分钟后到。

5分钟能从市中心赶到新区？不会吧？可我转念一想，没准儿牙签就在新区附近出没呢。牙签近来玩深沉，经常性神龙见首不见尾，时而城东时而城西游侠似的。既然牙签大侠能时而城东时而城西，自然也会时而城北时而城南了。所以我以百米冲刺的速度出家门乘电梯急剧而下旋风般地赶到小区门口。

牙签说过，你红酒除了短信快，别的哪样都跟蜗牛有一拼。假如平时不晓得自己哪点不好倒也罢了，可人家牙签那么善意地给你指出了你还不改，那你也就彻彻底底地不可救药了。我想改，想从现在开始，所以这次绝对是行如风动如鹰。

那晚有风温度尚低，伊人路上行人屈指可数。我站在大门口，东看看西望望，左等右等不见牙签。看看表，差不多10个5分钟过去了，实在没耐心再等下去，就短信问他在哪。那家伙"哈哈哈哈"一阵狂笑，说节日快乐啊红酒！我大梦初醒，气急败坏——这死人！

记不清从啥时间开始，每年愚人节我都会收到或者转发一些恶搞短信，提醒人家赶快收看CCTV1美国白宫被炸了整栋楼全塌了警方已经封锁了整个华盛顿19人死亡32人受伤11人失踪一人被骗……一看就明白是整人的。这次被愚，纯粹是牙签太狡猾或者说太善于伪装了。

我总想伺机反扑，机会终于来了。

愚人节的次日，牙签短信约我和他同到某处取份资料，问啥时能到，我说20分钟后。

把自己站成一棵挺拔的树

真是天赐良机啊，我说这话颇有些恶作剧的意味。发完短信我就随闺蜜逛商场去了，逛得极从容。我想象着那家伙也跟我昨晚一样站街边穷尽千里目不见黄鹤来，就觉得爽且解气！

从上午10点一直到下午1点40分我才逛完商场，牙签那边却毫无动静，我心说这次偷袭失败了。谁知就在我极度郁闷时牙签有短信来了，这样写道：虽然我放下手头的事情赶到某处；虽然从单位到某处才3000米；虽然我在门口等了7个20分钟；虽然天气比昨天凉；虽然风比昨天大；虽然还空着肚子；虽然还要赶回单位继续处理未了事宜；虽然今天已经不是愚人节；虽然我知道这可能是某人的报复；虽然有这么多的虽然，但是却只有一个事实——那就是今天我被你实实在在地愚了……

你也有今日？我快笑疯了。

令人捧腹的原因有很多，简单概括如下：

一是牙签从不编发超过10个字以上的短信；二是牙签也和我一样傻不叽叽地冒着冷风站路边等人；三是牙签也会盯着一个方向望断南飞燕；四是牙签也会气急败坏风度全无；五是牙签聪明绝顶的脑袋偶尔也会进水；六是牙签被愚是在愚人节的次日比愚人节被愚的我的确强不到哪儿去；七……八……不说了，再整出几条出来，估计牙签会失心疯。

短信还是要回的，一个小时后我这样说：愚人节的次日快乐啊牙签！

好不容易扯平了……以下省略"N多"得意字词。

快乐是一份心境。其实，无论愚人还是被愚，全是开心一乐，为自己，更为朋友。

偶尔做做"四月傻瓜"的感觉也蛮好。谁要不信，不妨试上一试。

出门左拐

出了家门儿左拐，再左拐，有个修鞋铺儿，师傅姓李，十八子李。

李师傅有50多岁了吧。如今的男人也和女人一样，实在是看不出年龄大小来。

我从没见过站起来的李师傅。您可千万别误会，倒不是他有啥毛病，我是说，他几乎没有空闲的时候。啥时见他，总坐在小板凳上聚精会神地干活儿。

李师傅除了右眼稍微有点儿斜视外模样也还周正，看人时那眼紧靠着鼻梁，倒让人觉得他很认真很专注，没有一点儿敷衍的样子。

我第一次去他那儿是修鞋跟儿。我问，多少钱？

他飞快地扫了一眼我手中的鞋，头也不抬说4块。

我说这么贵呀，人家那儿都3块。

他说活儿跟活儿不一样，用的材料更不一样。

我说，咋不一样？

他说你穿过一次就知道了。说着话忙着手里的活儿，那一口价没商量。

我说那好，价格不说了，可我很挑剔，你帮我做好些。

他说那是自然。

我说师傅贵姓？再见了面也好称呼。

他仍然不抬头说道："李，十八子李。"

于是，我便记住这修鞋的十八子李师傅。

我给李师傅说我挑剔，绝非是我这个人眼高手低。我一直觉得这辈子最适宜我干的活儿就是做个手工业者，譬如做个裁

把自己站成一棵挺拔的树

缝或者修鞋匠啥的。不过，没修过鞋不等于对修鞋这活儿缺乏比较权威的要求与衡量标准你说对不对？

真不知这个十八子李师傅的手艺到底怎样呢。

李师傅果然没有大话自己，他活儿做得精细，那鞋跟儿踢毛磕破的地方都用黑色的鞋油修补好了，新钉的皮子打磨得光光的，不显丁点儿毛茬，鞋擦得锃亮如新。更绝的是他顺着鞋跟儿向里修出了个弧度，一般修鞋的师傅十有八九忽略这个地方。别说哎，我是真满意。

从此以后，我就成了这儿的常客。也不是我自己有那么多的鞋子要修，是我的朋友们只要说修鞋，我马上就说有个十八子李师傅修得好，去那儿吧！

后来去得勤了，李师傅问我，你贵姓呀？

我说我姓周。

李师傅说，周？周恩来的周？

我说是。

可不知咋回事，只要从那儿过，李师傅就热情打招呼，小田儿今儿没上班啊？开始也犯晕，认真纠正过他，我说我姓周，周恩来的周。李师傅就把右眼靠在鼻梁上不好意思地笑着说看看我这记性。后来，再打那过，李师傅就又放长了声音说，小田儿，上街去啊？

有次和表妹经过那里，她听我俩有叫有应，一脸惊讶说，姐你等会儿，这小田儿是咋回事？

我说人家李师傅那儿整天人来人往，能记住别人的姓就不错了，想必他觉得我应该姓田才对。姓名就是个代号，啥顺叫啥，爱叫啥叫啥，没有关系的。于是表妹就鬼鬼地笑，说我以后叫你王五你乐意不？晕。

出了我家门儿，左拐，再左拐，就是李师傅的摊儿。

"小田儿——"

听着没？十八子李师傅又招呼我了……

部落穿越

我清楚地记得，那毛驴子脑门上有朵红灿灿的花。

麦田里，他骑着戴花的小毛驴跑得一溜烟儿。

我只能看到他身着青衫的背影，同时发现毛驴的尾巴梢也有花，那点儿刺眼的红忽左忽右飘浮不定。正是因了这红，我才不至于跟丢。没想到，驴尾巴这会儿像一盏航海灯。

我紧跟着喊，青衫不应。我望着起伏不定的麦田，无助地大哭。

天的颜色不再蔚蓝，朵朵白云早已不知去向。天和麦子的颜色一样，焦黄焦黄的。突然那麦子噌噌地长，树样的高大。平日深扎在泥土里的麦根蓦地变得粗大蜿蜒，如原始森林里的千年榕树根，盘根错节，沧桑得近乎狰狞。

我在麦田里跌跌撞撞毫无方向地奔跑，死活跑不出来。不是被树根绊住了脚，就是被低垂的麦叶划破了脸。血珠从面颊滚落在手臂上，枯叶上，斑斑点点，疼痛的感觉起起伏伏像潮水，我似乎并不在乎，享受着能令人产生快感的疼痛。

焦黄色的天令人恐惧至极。我好像大声呼叫了，也好像没呼叫，或许是我压根儿就不敢呼叫，这个荒凉诡异人迹罕至的地方，千年树妖和戴着尖顶帽的女巫没准儿就在前面拐角处或者岔路口，冷笑着等我落入她的魔掌。

绝望中，有个声音在耳边急切地催促："走，还不快走！"我惊恐地向后看了一眼，不敢耽搁，猛然跳起，抓住一片麦叶使劲一荡，居然把自己像根羽毛似的荡了出去。

清澈的小溪旁，我终于可以气定神闲地环顾四周了。陡峭的山壁，许多人在徒手攀岩。望着几乎直上直下的峭壁，我纵

第一辑　灵魂独行

把自己站成一棵挺拔的树

身一跃,像只壁虎似的手脚并用蹭蹭向上爬。我的眼睛只能看到褐色的山壁,喷出的热气呼呼地又反射回来,湿漉漉的土腥味令人极其不爽。

将到峰顶时,意想不到的事情发生了,我紧抓的两块石头开始松动,裂缝一点点加大,我惊恐地瞪大了眼。突然,身边一黑衣人惨叫着摔了下去,"砰"一声闷响,黑衣人半边身子已浸在水里,鲜血深浅不一层层洇开,我不敢再看,绝望地闭上眼睛,我想,要不了多久,我也是这个声音,这个姿态,也会把溪水染成重重的玫瑰色。

先前那个声音又出现了,还不时地附我耳边低语:"来呀,来……"那声音急急切切没有温度,跟在麦田里判若两人。我明白,死神到了,他在召唤。这一刻,我万念俱灰。

死亡原来这样可怕。而我面对死亡又是如此胆怯,在此之前,我从来没有正视过自己,还以为我是个有着铮铮铁骨的斗士。我开始有了几分羞愧。

石头的裂缝越来越大,情急当中,我发现那头戴花的驴神色安然地出现在峰顶,驴尾巴一甩一甩地指着右面不远处一条通往山顶的青石板路。看来,绝路逢生是上天的安排,我喜极而泣。

我哆嗦着将脚踏在另一块儿凸出的石头上,艰难地转过身,抓住了一簇根植于岩石之中大得出奇的蒲公英。它朴实无华却傲然挺立,仿佛生长了百年千年,它是这道峭壁上所有野花野草的王。

那株蒲公英柔韧的茎将我弹到了一处芦苇茂密之地。我一直对颜色青苍的芦苇有着特殊的喜爱,它从不认为大自然薄待了它们,尽管纤细的身躯不可落雀,柔柔细风也能让芦苇低头,可芦苇懂得理解和包容、平衡与折中,仿佛它生来就不会抱怨。氤氲雾气中,拉·封丹老人家用低缓的法语在讲一个古老的寓言故事……

　　我想起了《诗经·国风·秦风》中的诗句："蒹葭苍苍，白露为霜。所谓伊人，在水一方……"莫非这个地方就是秦地？我听到了2500多年前的歌声，由远至近。就在悦耳动听的秦地歌声中，我开始寻找伊人风姿绰约的身影，她忽而在水一方，忽而在水中央。

　　寻寻觅觅，难以得见，却在芦苇深处意外地发现个狐狸窝。我想都没想，抡起木棍，打死了那只火红的母狐狸，我要亲手剥下它的皮做个漂亮的围脖，然后戴着它去参加派对，我想让所有爱美的女人都嫉妒得发狂。盼望得到个狐狸皮围脖是在我十周岁那年萌生的，这个奢望缠缠绕绕困惑我了许多年。眼下这个好事来得突然，我欣喜若狂，差点儿没失心疯。

　　那只美丽绝伦的火红狐狸还有丈夫和儿子，它们悲恸地哀号着，愤怒地龇出白森森的利齿，恨不得一口吞了我。我胆怯了，无论如何也不敢面对它们仇恨的目光。我忍痛丢下那张血淋淋的狐狸皮，落荒而逃。

　　我逃命的时候，穿了双水红色的绣花鞋，左脚龙右脚凤，龙腾凤翔，栩栩如生，转眼来到了山的这边。

　　风景这边独好！如雪的槐花，全长在崖边。风儿袭来，枝条柔软，像美人的腰。一道似曾相识的溪水，流速甚缓，有一白衣女子，面目姣好，青丝如瀑，不知是谁。她端坐水中，把斑斓的花瓣洒在溪流中，犹如美人鱼。她在歌唱，山谷间充满了缥缥缈缈穿越心灵的天籁之音。

　　我悄立溪旁，在歌声中，内心一片澄明！

　　忽然，那头脑门上有朵红灿灿的花的毛驴子嘴里衔着焦黄焦黄的麦叶朝我一头撞来，我来不及躲闪，跌落在溪流中。

　　我猛然惊醒，浑身大汗淋漓，再也无法入睡……

把自己站成一棵挺拔的树

 心底有段戏

我一直认为是在文化系统工作的父亲让我打小喜欢上戏剧的。

很小的时候,父亲喜欢带我去看戏。每次都是在吃晚饭时,父亲冲我使个眼色,我就心领神会地赶快埋头把碗里的饭扒拉完,静静地站在大门外等父亲出来,然后小跑着跟在父亲身后,从剧院那两扇大得惊人的后门里进去,穿过并排放着一溜儿大茶壶的开水房时,总能见到那个以前演关公后来倒了嗓烧开水的李姓艺人。每次见他,他总是把一条腿高高地翘在花墙上用力压腿,见人来了,忙放下腿,嘘口气,再齐肩拉个山膀,嘿嘿一笑也不言语。

在那个小城里,李姓艺人被称作活关公,很有些名气。可见了他,我总是害怕,因为他眉毛会动,一下一下地像两条毛毛虫。我躲在父亲身后,紧紧拉着他的衣角,快步来到后台化妆室才能松口气。

那些对着镜子忙着贴鬓插花儿吊眉勒头的演员们热情地打招呼:"呀,大姑娘来了,二小姐呢?"他们说的二小姐是我妹妹,不晓得为啥父亲老不带她来看戏,只知道妹妹爱哭,父亲说她缺少女孩子的喜庆劲儿,刘备似的。那时我压根儿不知道刘备是谁,却牢牢地记住了有个和我妹妹一样爱哭的男人叫刘备。

父亲把我推到那些人跟前,笑着说叫人哪?我眼前晃动的是一张张粉雕玉琢的面孔和花团锦簇的才子佳人,演小生的是个女的我叫成叔叔,演青衣的是男的我偏喊做阿姨,于是,她(他)们就笑,那笑声无所顾忌极度张扬。

那时,乐队不在舞台的右侧而在台前,有个半月形状的乐池,我就坐在拉二胡的陈叔叔旁边。黑脸陈叔叔是人称九头鸟的湖

北人，参加过抗美援朝，是从部队文工团转业到剧团的。

陈叔叔很黑，嘴里有颗金牙，笑的时候，那金牙烁烁发光，把其他牙都映成米色。黑脸金牙一点儿也不可亲，像电影里的汉奸，印象中他个儿挺高，水蛇腰，从没见他站直过。

看折子戏《断桥》时，我手里捧本儿白蛇传连环画，和着舞台上的演出一点一点对剧情，看到与书上不一样的情节，就嚷着错了错了演错了，搅和得陈叔叔哭笑不得，唬着一张黑脸恶狠狠地说再不安生把你从乐池里扔出去，背过脸儿却跟我父亲说："这闺女倒有心，再大点儿让她学戏？"父亲就笑，只是笑，不作声。

回家后，靠墙放的那张大床就是我的舞台，把两条枕巾扎在手腕儿上，挥舞着这简易水袖咿咿呀呀自编自演，我那爱哭的刘备妹妹盘腿坐在床前，一脸羡慕。有一双小脚的外婆给我妈说，看这闺女舞的多有模有样啊！

那时我就跟中了邪样老想着长大了就唱戏去，演白蛇白素贞。那亮晶晶的头饰、绢花、一袭白衣还有腰间佩带的短穗宝剑曾经是那么那么的吸引着我……

私下里最让我不解的是黑脸陈叔叔为啥和父亲那么要好。陈叔叔经常来家和父亲小酌聊天儿，那一口难懂的湖北话合着父亲的陕州话一聊就是半夜。有次睡醒一觉后见陈叔叔在哭，肩一抖一抖的，吓得我赶紧用被子蒙住头，大气儿也不敢出。

后来听父亲说，那晚陈叔叔说到了他的战友，也是湖北人，拉提琴的。有个雨夜演完节目后在回驻地的途中，他踏响了地雷被炸碎了，陈叔叔脱下雨衣，把战友的碎片拢在一起背了回来。从此这件雨衣相伴着陈叔叔转战南北，从部队到地方，他说看见这雨衣就想起那拉提琴的战友。

黑脸叔叔老爱说这一段儿，醉了就说，说了就哭。说那人白皙面皮，举止文雅。说他素日里话不多，拉得一手好琴，会

把自己站成一棵挺拔的树

唱京戏，程派，很有韵味儿。还说他演唱时台风稳健，声情并茂，至于提琴就更不用说了，那是独奏的水平。

我就是那个时候知道四大名旦，知道这几个出了名的旦角都是男人。不光他们唱出了名，还有一群男唱女的票友。其中，就有陈叔叔说的这个会唱京戏的白脸儿的叔叔……

我见过那件雨衣，就挂在陈叔叔单身宿舍的门后，随着门动，忽忽悠悠忽忽悠悠的，就像那个会拉琴会唱程派青衣的白脸儿叔叔活生生地站在那儿，唱词清悠水袖翻飞……

长大以后，我更是喜欢青衣这个行当，尤其是程派青衣，总认为他的发音不可思议，一招一式都透着讲究。如今，程派传人张火丁是我最喜欢的演员，她把《锁麟囊》中薛湘灵的那段《一霎时把七情俱已昧尽》二黄散板转快三眼演唱的张弛有度动人心弦。其实，每当说到程派青衣的时候，总是会想到黑脸陈叔和他的战友。

有关戏的碎片一旦碰触，就会从尘封已久的记忆中活蹦乱跳地向你走来。不如来段程派唱段，你我闭上眼睛且听且忆吧……

第 二 辑　**碎碎念**

把自己站成一棵挺拔的树

假如他不在,我和我的姐妹们一定会充分利用这个大大的院落里一切可以利用的物件儿,譬如葱茏勃发的树木,譬如圆圆的石桌,譬如长条石凳,譬如绿茵茵的草坪,譬如……反正多了去了。可他偏偏就在我们身旁,如不利用,那将是人力资源的一个极大的浪费。

那日中午聚餐后,我和非鱼拉着手踏着红地毯走出餐厅,边走边调侃,我说,鱼呀,这吃个饭还走红地毯太夸张了吧?非鱼笑得花枝乱颤说就是就是,规格太高,让人承受不住。谈笑间,看见珠晶、兰锋、雁飞、雅娟了,也不知谁的提议,说来个合影吧!大家都说好好好,因为自去年龙湖分别后一直没机会见面,心心念念都相互惦着。

说来也怪,这时,我的这些姐妹们,居然鬼使神差跟商量好似的齐刷刷地把随身携带的包包一股脑儿的套在了他身上。

什么叫好男人?省作家协会副主席、百花园杂志社的杨主编曾发表过高论,说好男人的标准之一就是能为女士着想,譬如过马路时会轻轻牵着女士的手;下台阶时温柔体贴地扶一把等等。还有很多,这里单挑出一两条来为我所用,未免有断章取义之嫌,我觉得他是好男人群中比较杰出的一个(其实我想用"杰出"这词,又恐某人飘,慎用溢美字词也是一种负责与爱护)。当然,我一个说了也不算,小小说圈子里很多人都这么说,如若不信,你问非鱼问兰锋问谁谁谁们去吧。

女人都这样,随身爱带些小零碎儿。其实这些零碎儿就是累赘,可女人们绝不这样想,绝不认为是累赘。这时,让我们觉得不是累赘的累赘都放他身上了。或许,大家的动作猛了些,或许他没思想准备,稍稍有点措手不及,总之,我用相机记录了当时一个个精彩的瞬间,只要看他照片中那些渐进的表情立马会明白,我不废话了。

省城里温度高得有些惊人,也许正如非鱼花絮里所说的那样:"小小说的盛会在此,什么都是滚烫滚烫的……于是,人的心和温度成了正比。"此刻,姐妹们大呼小叫着茄子田七白菜萝卜忙着拍照,热情似火,笑靥如花,全然不顾"负重"在身的他。

要知道省城中午的温度接近40℃,他倒不在意,在那灼人炙热的温度中,开心地笑着,直把自己站成一棵挺拔的树!

后来,我把这些照片让我的朋友看,她把她好看的嘴调整成了大大的"O"形,惊讶地说:"这人咋瞅着像个民工?"我大怒,我说有这么儒雅的民工吗?

这个灌水小花絮写成后又给她看,她指着"……直把自己站成一棵挺拔的树"又高谈阔论,指手画脚,她说:"什么挺拔的树?不成不成,改改改。"

"改成啥?"她狡黠一笑,说,"应该改成玉树!不有个成语叫作玉树临大风嘛。"我晕。

我把这个小花絮贴出,晓敏老师看着了,一高兴,把帖子置顶高挂,另写一篇《好男儿以细节体现素养》的文章大加赞赏,说他在小小说领域里是一个有着成熟男性魅力的绅士。不经意的举动,是一种品质;做的得体,属于一种素质的养成。为圈内朋友深度诠释了什么叫"遭遇男子汉"的命题,还夸他是一个好男人,无论走到哪里,都会构建出一道亮丽风景。

于是,玉树这个名字替代了他的真实姓名,圈内人一声"树哥",透着亲切。可是,无论怎么说,树哥不是哥,树哥就跟传达室的老王老李老刘一样,说到天边儿,也就是个昵称。

对了,有必要再把"玉树"的名字说出来吗?如果需要,我就再编辑一次,把金麻雀刘建超的名字添上去。

把自己站成一棵挺拔的树

小小女孩

其实，我应该叫她小女孩才对。只是多年来有个习惯，爱把比自己小的女生统称为女孩。可她小我很多很多，那我叫她小小女孩是最合适不过的了。

很早就知道这个赵月月，知道她读了"黄河九曲天边落，华岳三峰马上来"的诗句后趴地图上细究细查母亲河究竟有没有九曲十八弯；知道她小小年纪居然能在客人身边指点楚河汉界两军对弈……她呀，是个尚未谋面的熟人哦。

前些日子，气温已经很高了，可是偏偏被一场从容不迫的雨给压住了，五月天一下子变得像首活泼明朗的诗，爽得不由分说了。小小女孩赵月月随着她老爸来我们这儿的那天，阳光明媚得居然有些恣意。

这个小小女孩像株向日葵，圆圆的脸，短发，齐眉的刘海儿，很是安静。我们说话时，她依着她老爸一声不响，只是葵花般地转动着脸庞。记得那天我问月月，我说你是不是你们班最漂亮的女生？小姑娘忸怩半天，不说是也不说不是，只是羞羞地笑，憨态可掬惹人怜爱！

有朋自省内来，不亦乐乎。朋友们凑一块儿说天说地，说东说西，可月月不爱说话。我奇怪着，哪有似她这般大小的女孩如此文静的呢？

驱车来到《千唐志斋》，用心灵和唐人对话，走出他们聚集的石拱窑后心情竟然有些复杂。一群唐人，背对着你时，它是年代久远沧桑厚重的历史，蓦一对面，他们一脸尘土，鬓白如霜……如今，好在他们聚集在这里，还能日上吟诗月下歌，指点江山激越文字，也是件大大的幸事！

一群野鸽子就在头顶上扑棱棱地飞来飞去，不知忙碌些什么。没有了鸽子号，倒是颇有些原生态的意境。甬道两侧是竹林，疏影横斜。在爬满青藤的石屋书房后，忽见一株与月季为邻的青梅。不知谁问，这如青杏般的梅子能吃否？亭亭玉立的女解说员微微一笑说涩，这下可好，便使人直奔"望梅止渴"这个成语去了。我下意识地紧紧捂住了腮帮。

一行人说说笑笑从青梅树下走过，月月突然松开我的手说阿姨等我，掉头就跑了。我紧追几步，见她又回到树下，努力踮起脚尖，伸手去捉那个离她最近、挂着一枚果子的树枝，一下一下地。小小女孩不够高，总是徒劳。我说，这园子里的花花草草都不可以动的。她停止了动作，不搭话，眼睛亮亮的，只是看我。实在是不忍拒绝一个孩子期待的目光，我帮她摘下了那颗青梅。她高兴地捧在手里，反反复复地看，像得到了一粒珍珠，还连声说，我放哪儿？瓶子里？衣兜儿里？真是个孩子啊。

九曲回廊被攀缘而上的藤萝罩得严严实实，此时，紫藤花早已败去，酷似连豆的果实风铃般摇曳，逗得人心痒痒的……同行的王兄辨得出不少花草树木，他告诉我那一树繁花的是蔷薇，与玫瑰月季一样，美得令人窒息。正陶醉着，月月冲我手中塞了个小豆角，一脸灿烂的笑。月月对藤萝的果实又来了兴趣，于是，我又被硬拉到藤萝架下，与她仔仔细细地搜索她发现的那个豆角王，听她不住念叨着："那个大大的豆角藏哪儿了？"

有颗高高的老松树穿过天井院直指蓝天，枝枝丫丫透过花墙的缝隙，与小小女孩月月做无声的交流，她望着松树上的松塔惊喜不已。我说月月，你是不是在想，假如有只小松鼠捧着松塔跳来跳去该有多好？她使劲儿地点头。这孩子心中有画，殊不知，一个人只有心里有画，眼里才有画啊！

这时，月月突然告诉我说，阿姨，现在要是宋朝就好了。我不解。她说，那样我就是公主啊！我立刻被她孩子气的想法

第二辑 碎碎念

把自己站成一棵挺拔的树

逗得哈哈大笑。可不是吗,人家姓赵,那赵匡胤是大宋的开国皇帝,百家姓排第一啊。半晌,我强忍住笑说,我的公主殿下,咱再往前走走?

此时此刻,小月月怕是沉浸在她的想象中,而我早已被园子里火红的石榴花、粉白色的月季、碧绿的睡莲、蹲在池塘边听见脚步声就扎进水里的大眼睛青蛙和诸多叫不出名字的花花草草诱惑得心荡神摇,禁不住说,哎月月,我有个这样的后花园就好了。月月说那就回到明朝吧。我说,为什么?她说你可以考个功名做大官儿啊。我忘了她是个孩子,忍不住随口调侃道:"头悬梁锥刺骨,多辛苦呀,你是前朝的公主,赏我个功名得了。"月月笑而不答,眼睛眯成了月牙,在我前面蹦蹦跳跳地像只快乐的小麻雀。后来,她悄悄地告诉我说:"阿姨,我喜欢明朝的服装,衣袖大大的,真好看!"

好你个赵月月。不大会儿,唐宋明3个朝代"嗖"地就过去了。

我把月月的趣事说给王兄听,王兄同样乐不可支,说是是,宋太祖姓赵啊。可姓王的名人也有,王莽不是吗?我说是,王莽篡位,还有个王伦,被刀劈了,呵呵。王兄一想,老王家历史上就这几个名人,跟月月家简直没法比,立刻就没脾气了。

赵月月,你偷着乐吧。

小小女孩赵月月像株向日葵,圆圆脸,短发,齐眉的刘海儿,很安静,很可爱。

韩国人恩今

与恩今一见面就听她急切地发问:"哪有卖丝绸坐垫的?"

恩今与丈夫一起在河科大学汉语,最近要回美国探亲,想带些有民族特色的饰品回去,尤其是用色泽鲜艳飞云流彩的中国丝绸做出来的精巧饰品。恩今说,不光她偏爱这些东西,她的那些朋友更是喜欢莫名。

恩今是美籍韩国人,弯弯的眉,瓜子脸,是个典型的韩国美人。她穿一件宽宽松松的白色无领长袖衫,咖色宽角七分裤飘逸洒脱极有动感,结实光洁的小腿像景德镇的瓷,棕色的短发自鬓角那儿有个做出来的弧,随意中有几分小刻意。

女人还是应该这样装扮自己才好:把那美敛了藏在骨子里,随着举手投足不动声色地往外渗,就像藏在深处的绝美景致,赏景的人儿心急不得,不疾不缓一路走过,细细端详,反复琢磨,才能看出些许味道来。恩今就是这样。

恩今不叫恩今。恩今叫恩珍。恩今说自己名字时,那个"珍"字她无论怎么发音都极不准确,于是"珍珠"的"珍"成了"今天"的"今"。或许韩国人都这么"珍、今"不分,可我还是想叫她恩今。我觉得这才是真真正正的韩国名字,就像我的另一位朋友叫具京美一样,太具有大韩民国味道了。

恩今的汉语说得真不怎么样,每次见面,我都使出最大的劲在听她那磕磕绊绊的表述,遇到她自己也搞不清的词汇时,会蹦出一连串的英语单词来弥补。于是,我就傻了,我只能听朋友燕子白活,燕子的英语口语很溜儿,还不是伦敦音,是极时髦的美式英语,卷着舌头,那音儿打着滚儿,唱歌似的。

这个咖啡屋老飘荡着班得瑞乐团的经典名曲,像原野上的

把自己站成一棵挺拔的树

风,情人的手,丝绸般轻轻拂着人的脸颊。这样的氛围,尤其适合聊天。当然,话题是多元的:从丝绸说到两国民族服饰的特点;从传统繁缛盛装说到与现代简约服饰的区别;从耶和华上帝说到圣母玛利亚,说到耶稣,说到释迦牟尼……

恩今是个虔诚的基督徒,说到希伯来民族文化的宝贵遗产《圣经》时,她一脸神圣,会有意无意地把手放在胸口,那手白皙纤巧,一枚结婚钻戒闪闪亮亮、熠熠生辉。

说到了韩剧,我说我虽然只看过《宫》,可我知道裴勇俊和李俊基。那裴勇俊不能用英俊帅气来形容,这些词都不适合他,他就是好看,眼睛清澈明净得像湖水,温文尔雅,举止内敛得体,一点都不张狂。燕子也说李俊基的女装打扮比女人还女人,那眼睛细细上挑,太撩人。恩今笑着问,看过《大长今》吗?我说我妈就是哈韩一族,老说李英爱怎么怎么漂亮。

燕子给恩今说起洛阳三绝,说起老街的风土人情,恩今连连点头,说:"石窟牡丹水席,我都知道,我喜欢!"

聊起恩今为什么要学汉语的事情了,恩今说她的丈夫初中时读了中国经典名著《三国演义》后,就痴迷上了中国文化,从那时起,恩今的丈夫下定决心,说将来有条件,一定要到书中描写的这个地方看看,最好是长住。

几十年的时光哗哗啦啦就过去了,恩今的丈夫不再是那个充满梦想向往刀光剑影的青涩少年,可被这个愿望死死缠绕,一直不曾放下。韩国女人温文尔雅,相夫教子,于是,恩今陪着丈夫来到了历史名城洛阳。多年的心愿,终于了结。

我没有系统地看过《三国演义》,还不如一个韩国人,只是会唱"滚滚长江东逝水,浪花淘尽英雄"这首歌……

恩今说她从美国回来一定要亲自下厨请我和燕子吃饭,燕子说别破费也别麻烦,就按大长今的厨艺和标准就成。恩今紧张地摆着手说我可不会。我打趣说,比大长今次点我们也不会计较。恩今眉毛一扬，笑靥如花。

我喜欢韩国的恩今，因为恩今喜欢中国，喜欢洛阳。

凤头银簪

外出散步时，我居然发现有卖香袋的。

摊主是位清清爽爽极腼腆的女人，她将花花绿绿各种各样的香袋挂在"干"字形的小木架上，有形态逼真的十二生肖，还有用五彩丝线缠缠绕绕的多角形香袋，个个做工精巧，令人爱不释手。好多年没见过这东西了，我又惊又喜忙凑上前，蹲在人家面前饶有兴趣地翻看着。

抓起个闻闻，久违了的香气扑面而来。原以为那浓郁的香味早遗留在久远的年代里去了，谁知，触摸着香袋的同时，尘封在记忆深处的闸门蓦然打开，往事竟活蹦乱跳地向我走来。

五月端午吃粽子戴香袋插艾叶，最早的启蒙来自于我外婆，那个一年四季发髻上插支银簪子的老人。

外婆有双小脚，有些银灰却依然浓密的头发在脑后盘着个大大的髻，斜插根凤头银簪子，外婆说那是她娘家的陪嫁。

我喜欢把玩那根凤头簪子，无数次偷偷地对着镜子在头上插来插去。外婆见了总是这一句："如今结婚不兴上头了，要不你出嫁时我就把这簪子插你头上。"接着就长叹一声说，"不知能不能等到那一天啊。"听见这话，我红着脸打着外婆不让说，心里却无比想要那支打制精美的银簪。更多的是有些小伤感，外婆带大了我，我怎么舍得外婆离开我呀。

五月初五端午节，按老家风俗，外婆赶在太阳未出之前起床，

把自己站成一棵挺拔的树

颠着双小脚忙活个不停。也不知她从哪里采集了一大把青青的有点灰白色的艾叶，每个门楣上别几支，外婆说门上插艾是为了辟邪驱蚊防蛇。刹那间有股山野清香袭来，随着微微晨风弥漫而去，那淡淡的感觉就像我又随着外婆回到了老家，梳着个朝天羊角辫，头上插满野花，一手一只蝈蝈，在长满艾和黄蒿的山坡上撒丫子疯着玩耍。

外婆说这天吃粽子是为了纪念有个叫屈原的诗人，当时不懂那么多，只记住了香甜的糯米粽子和楚国的屈原有关。长大后才进一步知道可口的粽子里还有一段悲怆的故事并且蕴涵了一种忧国忧民的情结而代代传承。

外婆手巧，她在那个深蓝色印着小白花的粗布包袱里翻出些花布头，还从对折成数层的白绵纸中抽出些五彩丝线，戴一副陈年古代有着圆圆框的老花镜缝制香袋，还不时从滑到鼻子尖儿的花镜上面慈祥地看着我絮絮叨叨地说："丫头，咱老家管这叫香草布袋儿，闻闻，香不香？"锁形香袋里面有外婆从药店买回的香料，于是我赶紧放在鼻子下，夸张地说香着呢，外婆就满足地笑，眼角的皱纹像朵绽放着的野菊花。

手腕脚脖上都被外婆缠绕上五色丝线，脖颈上戴个香袋就跑出去和小伙伴们比美去了，街巷里不时传来一阵又一阵的嬉笑声。外婆说，锁形香袋就是要像锁那样紧紧地锁住我，结结实实平平安安长大成人，还特意嘱咐我这香袋和彩色丝线非要戴到农历六月初六晒衣节才能取下。

如今就有卖香袋的，但我遍寻不到如外婆缝制的那种锁形香袋，遗憾中，却发现有个生肖老鼠香袋栩栩如生。记得外婆属鼠，于是我就买下了这只可爱的老鼠香袋，不为别的，只为一种感恩和思念。

端午节吃粽子戴香袋插艾叶，我在心里百遍千遍地念叨着外婆……我还想告诉她，嫁人时，那支凤头银簪当真被我插在发髻上了。

那该是怎样的一种思念，外婆懂。

闺中蜜友

我那几个闺蜜，如今都聚集在同一个城市里，自然少不了三天两头地小聚，见了面打打闹闹，仿佛回到童年，彻底地放松。

慧子有点小资，爱玩儿个情调；玉姐喜欢在河边垂柳下寻寻觅觅，据说她那个弟弟丈夫当年老爱在柳树下与她幽会；阿萍是个霸王花，铿锵玫瑰似的，动不动就拉着她的警察男友，也不管我们愿不愿意，一身警服，把我们全塞进警车里，一路呼啸着就给整到靶场上了。

有了这几个性格迥异的姐妹，生活就变得格外有滋有味丰富多彩了：闲暇时分，我们会随着慧子到一家古香古色的茶馆喝个下午茶，或者到咖啡屋品炭烧、蓝山，红烛摇曳，添一抹醉心的柔情，制造一种超然的浪漫；会随着玉姐到洛浦公园，顺着清澈的河水，十里一长亭五里一短亭地随意走走，拂一拂柳树柔韧的枝条，触一触龟纹般如神秘文字的树身，赏赏花，看看水边的钓鱼人，任凭思绪飞扬；会随着阿萍到靶场上过个瘾，即便使全部脱靶一环未中照样英姿勃勃感觉良好。

细想起来，我几乎没有什么特别的嗜好，她们喜欢的我都喜欢，她们不喜欢的我也会兴致勃发地引导着她们喜欢。譬如，会在一个诗意冉冉的月夜，半拉半扯邀上她们几个来到街心花园，踏一地青辉，披满身月光，静观夜色玫瑰，想象着"隔墙花影动，疑是玉人来"的张生和崔莺莺二人的传奇故事。投入时，

把自己站成一棵挺拔的树

心下还不住地埋怨王实甫王西厢，难道功名就那么重要？生生拆散一对儿有情人，可惜一曲凤求凰唱到如今还不能皆大欢喜。再譬如，我会在一个料峭的冬日，最好是在落雪的清晨，系条像旗帜、更像火苗子似的长长的羊绒围脖，着一件浸透着他柔情蜜意的爱心牌獭兔黑衣，当然，少不了她们几个，叽叽喳喳花喜鹊似的踏雪寻梅，有可能会附庸风雅念着"小树梅花彻夜开，侵晨雪片趁花回。即非雪片催梅花，却是梅花唤雪来"的诗句，至于是谁的诗，早已不为重要了，难得的是沉浸在唐风的境致中，拥有一份宋月般的情怀。

在我的感觉中，夏雨也动人，往往醉心于东边日出西边雨，十里不同天。这不，今儿就天遂人愿，又有了机会和心情。

前些日子，偶尔发现了一个湖心小岛，绿树成荫，有不知名的小花点缀着厚厚的草坪，鸟语啁啾，蛙鸣阵阵，更有三三两两的垂钓老者充耳不闻无关事，一心专为鱼儿来。那是个绝佳的去处啊，于是，我便心心念念地惦记上了。

淅淅沥沥的夏雨敲打着伞面。这把浅黄、小碎花的"上海故事"品牌伞是我的最爱。表妹说这个伞名太怀旧了，只有《花样年华》里张曼玉样的精致女人，穿高领过膝的旗袍才能与之配套，于是，送了我一件咖啡白格旗袍。如今，那件衣服还寂寞地挂在衣橱里，我不敢上身。想想看，撑把碎花伞，穿件格格儿短旗袍，一双绣花凉拖，也太过风情撩人了吧？

慧子执一把粉红小伞，玉姐那个是淡绿，阿萍的则红得张扬，姐妹几个袅袅婷婷，一路逶迤，于蒙蒙细雨中向湖心小岛走去。

途中有段泥泞小坡，她们倒不介意，倒是我伸手拦住了我的闺蜜们，并特意叮嘱她们一定要当心，千万别滑倒扫了兴致。我一边示范一边说："你们小心啊，看，像我这样——"话没说完，"嗖"一声糊里糊涂地我就下去了，"上海故事"就像断了线的风筝一样，打着滚儿飞出了好远好远。

短暂的宁静过后，我的闺中蜜友们爆发出一阵夸张的前所未有的大笑，一个个只笑得东倒西歪花枝乱颤，说红酒你看着吧，绝没有一个傻子能像你一样的呀……

顿时，我的诗意心境浪漫情怀化做乌有。

白兰黑蝶

玉兰花彷如一树刚刚觅食归来的白鸽，密密集集栖蹲在枝丫上若有所思，不知花香袭人。

不知道这里是不是天天都这么热闹，一个人走，一群人送，逝者去，生者悲，一条门槛，阴阳两界。

小舅妈是经过洗礼的基督教徒，或许主在心中，对死亡的理解另有一番道理。主说，一个人的死亡只是暂时睡了。既然睡了，总会有醒来的时候……所以她走得坦然，仿佛无牵无挂，身后事没有交代，一句话也没，我惊讶着她的从容淡定与决绝。

唱诗班有20多人，全是女生，老少都有，白袍垂至脚踝处，领口镶有墨绿色图案。我不晓得那图案代表着什么，可我坚信它有一定的象征与寓意。牧师很年轻，戴眼镜，肤色白皙，也一袭白衣，领口处却是庄重的黑色。牧师和他的唱诗班人手一册圣经，白衣随着春风微微颤动，他们肃然而立，跟身后那排白玉兰一样安安静静。

那歌真好听，缥缥缈缈，仿佛看见小舅妈清颜白衫素裙如雪仙子般地走在通往天国的路上……

我被那歌声感动得不可自制，眼前一片模糊。我不敢合眼，怕蓄得满满的泪水顷刻间夺眶飞溅。

把自己站成一棵挺拔的树

牧师称小舅妈为杨姊妹，这个称呼让我感到十分亲切。牧师说了很多话，没有大道理，尽是告慰逝者与宽慰生者浅显易懂的话语，很是温暖。

菊花丛中的小舅妈美丽安详。

我和小舅妈的年龄几乎相仿，用句俗语来讲，她是小树栽进大坑里了，素日里我一口一个"舅妈"叫得自自然然顺顺溜溜。她的确很有长者之风，博爱，宽容，漂亮，能干，勤俭，善良，有口皆碑。

那个"妖孽"找上了她是在前年，得知这个消息，我难过得不得了，却不知该怎么安慰她才好。而她，却是一开始就明白自己得了什么病。我实在不能想象一个人得知自己的生命已时日不多的那一刻需要多么坚定的意志才能挺住，真的不能想象，也不愿想象。我是个外人，外人都绷不住劲差点儿崩溃……

一年半的治疗虽然是积极的，可也非常人所能忍受，家人身心俱疲，更何况她？可她居然坦然面对，过了一关又一关。我不想说这一年半在治疗过程中的情况，那种折磨，令人心疼不已。

这个院落里的花树蓬蓬勃勃，人们身处其中却无心赏花，也可能会在一瞥之间，突然就加深了对生命的理解与感悟。花开花落只是一季，一季也好，一瞬也罢，曾经灿烂缤纷过，难道不行？

静心等到事毕，小舅妈藏在一只精巧的汉白玉盒子里被亲人们簇拥着送到了墓地。

陵园，东北角辟出一所基督教徒的陵地，静寂，冷逸。

几部车排成一行被鞭炮围起，炸响过后，落英满地……

我把胸前那朵洁白的绢花取下，系在甬道旁的玉兰花枝上。紧走几步，又忍不住回头，蓦地发现，有只翩翩黑蝶正绕着那怒放的花朵忽高忽低不舍地飞呀飞着……

030

碎碎念

　　沿这条路一直向北，景德镇的瓷器在此展销，据说已经开展一周了，只是我不晓得，否则早和朋友来逛了。我喜欢这些东西，那是土与火结合的艺术，美到极致。

　　我印象中的景德镇瓷器，应该是薄如蝉翼的。有人曾送过我一对儿花瓶，上面的图案是喜鹊登枝，取喜上眉梢的寓意，很吉祥。后来儿子带到国外一个，说是送给他们的系主任了。那个高纬度的寒冷国度里没有送双的习惯，讲究个单数。譬如送玫瑰，一三五七，若是送了7支，已经很能达意了。花瓶也同样，儿子说，那系主任是个肥胖的俄罗斯老太太，直把那景德镇的瓷器捧在手中，喜不自禁，没完没了地端详。

　　其实，我已经发现我对这种瓷器太缺乏认知能力了。那如蝉翼般的瓷器仅仅是所有景德镇瓷器的一种，除了这些，还有好多粗瓷作品，其中有件没挂釉的瓷器，极像陶，半米高，火树银花的字样是烧制上去的，上方有个歪歪的蒂，若说是个瓶口，却介乎于似像非像之间，至此有种流畅感倾泻到底。通体牙白色，表面粗粝，柱形，很是有些时尚的元素蕴含在内。细细看来，还有几抹色彩隐约可见，却又说不出它究竟属于哪个色系，说是紫青、玉红、黛蓝，似乎都行，似乎都不行。于是便想起当下有个时髦词——炫，权且称它为炫色吧，因为那色美得不可思议。朋友问我是否喜欢，若喜欢就买了送我。我摇摇头，感激地笑着，好物件儿多得是，难道非得据有己有？瓷器放在店里，却在心里；拿回家里，却不一定更美。

　　再者说这陶瓷，陶和瓷是两种概念，那陶是新石器时期的产物，年代久远，有天长地久的意味，好比人与人之间有种情分，

第二辑　碎碎念

把自己站成一棵挺拔的树

弥足珍贵,似经年的陶,不动声色地承载着岁月的痕迹,一如心中那首老歌,或低吟或浅唱,反反又复复。那滋那味,却是浓了淡,淡了更浓……

有个硕大的青花瓷卷缸,作者是个长发男生,我留心看了他的资料,一九七几年生人。摊主是个颇为健谈的男人,他告诉我说,设计者的画风属于北派,布局巧妙,浑厚大气,令人难忘。在这件青花瓷前,我端详了许久。

还有件《大吉大利》的瓷器作品,工笔画,红色的芭蕉叶很夸张,鸡的羽毛绚丽多彩,姿态生动,说是只此一件,价格当然不菲。红了樱桃,绿了芭蕉,不晓得设计师为什么把芭蕉叶子渲染成大红,可能还是因了国人的传统习惯吧。艺术允许夸张与再造,一不留神儿,固守着的思维程式便被这个叫作英的女子给颠覆了。

英的简介我看了,1956年生人,模样端正,长相并不艺术,却有如此美轮美奂的作品问世,的确令人刮目。

如若不是闷热天气、朋友近日心脏欠佳,我还是想多转悠一会儿的。我晓得心肌缺血的反应,呼吸困难比什么都令人难受。这个世界上什么都可以没有,可没了空气,你就变成了一尾扔在岸边的鱼,我怕朋友真成了离水的鱼,就提议撤了。

并不是真正意义上的撤,是撤到了咖啡屋,老地方。不过今儿不咖啡,改冰激凌了。不为什么,还是为了朋友,遵医嘱:少喝咖啡。朋友曾感叹说,没了咖啡,可怎么活!夸张,还是与咖啡暂别离吧。

曾相约,晚霞布满天时,有间小木屋,或许在江南,或许在海边,我和他于灯影桨声中品绿茶,品咖啡,茶是红酒绿茶的茶,咖啡却不是炭烧了,是一种世上没有的咖啡,那咖啡有个摄人魂魄的名字——美人尖,跟青花瓷一样,可感可叹可咏,经典到地老天荒……

期待着今夜有雨。许是老天眷顾，果然雨了，立刻有了雨中漫步的雅趣。于是一路走来，桥中央，朋友驻足，对着泛着银光的湖水大喊："暖——色——"

暖色是我的小名儿。

絮絮叨叨说出行

说好多回了，终于成行。

目的地是汴梁古城。

星子开车来接，车上早已有蓝蓝、安安两位佳人了。

刚在车上坐定，我就迫不及待地给虞美人发了个短信："结在杯子上的不是茶垢，而是时间，一种非当下的时间……"

这句话非我原创，我必须得声明下。虞美人把这句话说给我听时，我觉得很诗意且值得玩味。

越玩越有味，所以不想独玩，又还给了她。末了，我告诉她两部车、5个人，再走古城汴梁。

她不以为然，说，汴梁城有那么好？你老人家一次次奔赴。

一次次地去，每次都很开心。逛龙亭，观菊花，品吃小笼包，就差去潘杨湖心泛舟了。

这次，虞美人忙着，还有人嫌热，躲入空调房里赶制锦绣文章，我就放个单飞吧。

也不是单飞，有星子蓝蓝安安紫衣同行。光听这些个名字，是不是很香艳？

诱惑完了虞美人，心里有点儿小舒坦。想着她在写字楼里上蹿下跳地忙，而我得了空闲外出疯玩，比她自在得多。

把自己站成一棵挺拔的树

不敢再继续诱惑她了，我担心她知道别人潇洒逛古城就心猿意马跟着神游，于是，我便很厚道地收了心思，将目光转向车外。

入伏第一天，太阳很刺眼。

岱山有个家伙写了篇小小说，把"太阳很刺眼"做了标题，不由分说，据为己有。

从此，只要说了这几个字，就觉得是剽窃，很对不起他似的。

不过，今日，的的确确是太——阳——很——刺——眼！

手持折扇，戴了墨镜，穿着白色长衫，我把自己捯饬得像个摸骨先生。

我期待着有细雨飘洒，薄雾氤氲，所有的景色朦朦胧胧，给我个无限大的想象空间。

蓝蓝安安紫衣属于小资一族，恨不得什么事情都要有个花样。可是，情调不能胡乱玩，星子俨然一副保护神模样，他不会盼望细雨薄雾如影相随的。更何况星子喜欢摄影，他最想要的是太阳光透亮亮，晴空万里长。

星子时常自驾车外出采风，拍摄时，摸爬滚打很投入。据他那位德才貌兼备的夫人讲，这套价格不菲的装备原本是让他工作之余锻炼身体的。谁知他不但领了夫人的一片真情，还远远超出了人家的期望值，近乎痴迷：无惧于三伏、三九，把自己的体格打造得如同美利坚合众国的海豹突击队员，同时还将自己的肤色折腾得只比非洲人稍稍白一点儿。

把这些话说给他听时，星子憨憨一笑，没话。于是，我们谁也找不着他的眼睛了，只觉得星子满脸都是洁白的牙齿在跑啊跑。

星子是个好男人，车开得不错。当然，跟国宾车队比，还是有差距的。

可是，这个不重要。重要的是星子态度好服务质量高。

蓝蓝不停地告诫他要慢行，慢行，再慢行。

可人家星子开车并不快，佳人有时会把自己当交警，这可不好！

我和安安不会开车，就不敢这么多事。

嘿嘿，坐好自己的车，让蓝蓝说去吧。

说了半天，有点儿不着边际。

言归正传。

死党中有句话，叫作"吃不重要，重要的是和谁一起吃。"这句话经常被好友们挂在嘴边且进一步引申。

于是，此次出行也就成了：玩不重要，重要的是和谁一起玩。

星子蓝蓝安安紫衣属于骨灰级密友，其中乐趣，不说也罢，任谁都能揣测得出。

美中不足的是，上了高速，我们狂跑一阵子后被一辆闪着红灯的车拦下，举着喇叭喊，前面不通，请绕行。

高速路上也不好狮子大甩头，无奈，绕吧。

这一绕，绕进去了一个多小时。高管局很牛腿，上高速时怎么可以不先行告知？这不瞎耽误工夫吗。

绕来绕去，绕来绕去，老觉得车外面的景色眼熟。

仔细一瞅，依然是古城新区。搞了半天，还没走出俺们村儿呀？

汴梁城内有多处美景，尤其以夜市小吃最为撩人。有人说："天上星，头上灯。身边炉灶，四周人声。连板凳都是肥的，人影都是香的。风饱了，星星馋了。要吃，就是这个气氛……"气氛归气氛，我真的是对那里的小笼灌汤包子垂涎欲滴。路，是多绕了，好在大家兴致颇高，绕就绕吧。

途中，蓝蓝安安和我都没怎么闲着，话题多多：说起前段省城里盛况空前的第四届小小说节，说起金庸老爷子的《天龙八部》、《笑傲江湖》，说起山西常家庄园的建筑风格，说起

第二辑 碎碎念

了星子的摄影作品，说起了蓝蓝的科研项目，说起了澳洲风光和在外求学的缓缓男孩。当然，说得最多的，还是汴梁城内的美景、美食和好友……

有这些勾着，诱惑着，怎么着也得紧着赶路才是。

情系关山

车子倏地上了一条急转弯的路，便惊喜地扑进了大山的怀抱，远山近水，雾气升腾，满眼苍翠，疑是仙境。有野兔在不知名的花丛中蹦蹦跳跳，惬意地穿梭，小松鼠神情慌张地从车前越过，白色花，粉色花，紫色花开得绚丽恣意，还有野丫头般娇憨的山菊自岩缝中探头探脑随风摇曳。

"2008中国小小说青春笔会"在关山风景区召开。于是，"关山万里长"这句歌词会经常在我脑海中滑过，当然，此关山与歌词中的关山绝不是一回事。

车行辉县，我探头使劲外瞧，终是不见山，不免怅然，禁不住说，哪有山啊。七拐八绕，待走上一条两侧矗立着奇石的小道时，才觉得有山的气息了。

山路蜿蜿蜒蜒九十九道弯，越往前走，道路越是险峻，我心中不免起起伏伏感慨起来：百花园杂志社和新乡的老师们独具匠心，把盛会选在这样一个风景如画的地方，该是耗费了多少精力和心血啊。

如画山寨当真如画，见到了这些熟悉的与不熟悉的人，我的激动之情不可言喻。

干练潇洒的焦国梅主席的名字，可能不是每个小小说作家都熟悉的，但凡参加过"2008中国小小说青春笔会"的作家们都会记得她精彩的发言。作为新乡市文联副主席，她自称不懂文学。这幌子太大了，谁见过不懂文学的人把话讲得那么富有诗意？谁见过不懂文学的人讲起文学来头头是道，让圈内人汗颜？

她希望大家记住太行山，记住新乡，她不说人，她说山："太行山是有感情有记忆的。"她希望我们不要匆匆忙忙，要以一颗安静的心来认识太行山，体味太行山，要静静地和山交流。于是，在关山的每一个清晨，小小说作家们很早就起来，或独自或两两结对漫步，与大山做无言的交流，培养和太行山的感情，那是心与心的沟通，焦主席的目的达到了。

新乡的作家队伍很庞大，小小说的作家队伍同样不可低估，这显然得益于新乡文联的领导和培养。国梅主席介绍说，新乡市曾出版过牧野作家丛书，通过开设新乡作家高级研讨班等一系列活动来充分活跃新乡的文坛。作为新乡的作家，我们无疑是幸福的。

国梅主席最经典的讲话是："我想和你聊天，怎么办？姑娘，请你长得漂亮些。"这句充满诗意的话，对小小说作家来说，分量很重，她时刻提醒着我们在今后的创作中，努力使自己的作品漂亮些，再漂亮些！

在笔会的间隙，我曾悄悄地问过新乡的作者，焦主席讲话是不是一直这么精彩？她们自豪地说是，焦主席的讲话一直这么精彩，不得不让人佩服。

记得杨晓敏总编曾说，把焦主席的发言稍加整理就是一篇优美的散文。

无意之间有了个比照，我们会不会把小小说写得像姑娘一样漂亮？会的——想不到大家争先恐后这么说。

其实，我应该称呼王斯平老师官衔的，因为他是新乡市作协的主席。可当我把手伸向他的时候，突然觉得他不像官，倒

把自己站成一棵挺拔的树

像是邻家的大哥，很是亲切的感觉。

玉玲小妹妹是个乖巧可人的女孩，嗓音如山涧溪水美妙动人。她说他们的王主席是个著名诗人，出版了《蓝天·黄土》《一棵想家的槐树》等不少诗集……玉玲说的时候，一脸崇拜。我孤陋寡闻，没读过王老师的诗作，真是一种损失啊。

筹办组织会议绝不是件轻松的事情，于是，老看见王老师忙碌的身影，衣食住行事事费心。印象中，他极少说话，可一开口，声若洪钟。我私下跟人说，王老师若是到了练歌房，不用麦克风也能镇倒一批人！别不信，到饭点儿时，寨子里总能听到王老师嘹亮的吆喝声："开饭啰——"刹那间，山谷内盘旋着的全是他的声音。

山楂树下餐桌旁，王老师忙着张罗，人不坐齐，他决不坐下就餐。

在如画山寨门前的那张合影照被我捧在手里来来回回地看了好半天，愣是找不到他的身影，末了才发现后排有一人，还是半张脸。仔细辨认半响，才确定是他。

这就是王主席，一个低调内敛和气可亲的师长！在关山几天内，我都叫他王老师。写这篇文章时，我就打定主意了，以后就不叫他王主席，我称呼王大哥如何？

一直想给他说句"辛苦你了"的话，可到嘴边，觉得客套。人一客套，就很程式化。一程式化就显得假了不是？想想算了。但愿王大哥能看到这篇心情散记，看到了，就知道我们对你一直心存感激呢……

认识子平老师是在一个槐花如雪的季节，算来已是两年的时间了，也是树哥介绍我认识他的。记得在假山旁草坪上有一张我和他的合影，龙湖会议后，子平老师又亲自将合影照寄给了我。他很认真，是一个有始有终肯负责的人。

子平老师是新乡县作家协会主席，他身上有股子静气，这静气，不是人人都有的，那是一种修为。你若带着浮躁之气走近他，躁气瞬间就会无影无踪。有一年去到新乡，我很想再见到他，良民说他家中有事，实在脱不开身，我遗憾了很长时间。这次见了子平老师，我很高兴，只是发现他瘦了许多，问起来，才晓得他前段时间病了。子平老师，你多保重啊！

范子平老师的小小说厚重沉稳，如他的为人。笔会上，他和王大哥一样忙碌不停，直到送走最后一个客人。当他得知我们及外地市还有几个作者下午乘车走时，他与安庆执意要留大家在新乡吃午饭。看到他们疲惫的面庞，我们实实不忍相扰……

新乡的作家群很厉害，譬如儒雅俊逸的高琦教授，谈吐机敏诙谐的赵文辉，不善言谈却笔下生辉的安庆，美丽优雅的杨琳芳，集中原文化的博大精深与上海滩高贵典雅于一身的无业良民（这话良民不陌生，两年前我就是这样夸他的），亭亭玉立乖巧可人的张玉玲……

如画山寨藏在关山的皱褶里，关山的皱褶很像一张巨大的硬盘，那些欢声笑语永远被刻录进去了。总有一天，我们还会沿着崎岖的山路再次走进关山，或许在山涧旁，或许在山楂树下，任凭山风拂面，去追忆昔日那些难忘的快乐时光。

最想说的一句话是：新乡的各位老师，若有机会，也到所有参加笔会的小小说作家的家乡走走好吗？我们因小小说相识，因小小说结缘，而且，我们都有一个响亮的名字——小小说！

笔会的繁华已去，心思慢慢收拢，过滤掉浮躁和虚荣，回望新乡，回望关山，那山那树，那花那草，那人那情，终是难忘。

第 三 辑　琐事闲侃

把自己站成一棵挺拔的树

莲花·净土

认识他是在一个初秋的傍晚。

朋友说，我们一同到银燕大厦见个人可好？

这个季节，蝉儿鸣叫得极其热烈。世间万物皆有灵性，石头也好虫子也罢，皆有思有想。眼下青蝉欢快的叫声必是舍不得这满眼的绿，让叶子来年记住它高亢多情的歌声吧。

天有些许凉。等待的过程中，朋友可着劲儿向我介绍要见的人，说他是百花园杂志社的主编，说他曾是个军旅作家，在雪线上待过多年，写出了大量感人肺腑的诗歌、散文、小说。

车上下来一人，水磨蓝牛仔裤，白色短袖衫，身材魁梧，皮肤白皙，眉毛浓重。

晚宴安排在城中央一家酒店，来的都是文人墨客，全是古都城内的文化名流——当然，除了我。

原想男人不太注重细节，可我错了。他细心周到，说话兼顾左右，一词一句都适可而止，恰到好处。老朋友会觉得他家常随意，新相识的人会觉得他面面俱到，善解人意。一顿饭下来，他分寸感把握得极好。

那晚朋友喝飘了，我陪着走走。路上听朋友仍不住地念叨我新认识的这个人……他转业到了地方后，操练起了小小说刊物，把个小小说经营得风生水起有声有色，培养了一支庞大的致力于小小说写作的群体。

我不经意中认识了一个人，而这个人还是小小说朋友心目中的"掌门人"。

以前我也记些文字，没有目标，只是个人喜好。闲时写写，聊发胸臆，与写作这个关键词不搭界的。朋友一直怂恿我写些

东西出来，我照着做了，写出来的文字属于什么文体也不晓得。就是这些不成样子的小文却被他用在《小小说选刊》上，有篇居然还得了奖，我喜出望外。几年过去了，当初他的那些鼓励我的话语至今还萦绕在耳旁。他是位良师，善于拨动别人的灵魂。

我居住的这座城与被称为小小说圣地的省城相距不远，所以能时不时地当面聆听他的教诲。他一向是纵横于文学天地，话语如同滔滔江水连绵不绝。尤其说到他的文化理想时，更是旁若无人，平添一股英雄豪气。

他以他与时俱进的敏锐眼光将小小说事业做成了"一个城市的文化名片"，正在被人称为"全国小小说现象"。这番作为，几人能及？我非小小说圈内之人，写小小说也只当是"玩票"，却也能在更多的时候这样想：小小说领域中有了他这个人，那是小小说的幸事与骄傲！他一生只做一件事，呕心沥血把小小说打造成为一个响当当的顶级文化产业品牌。

我看过他的一些诗文。

按说依我的阅读水平和思想层面，无论如何也读不出更深层次的意思，更没有资格去评说他的作品。可他的那些文章诗词或气势磅礴，或宁静深邃，曾深深地打动过我并由此引发思考：一个人倘若没有博大胸怀，没有豪迈气概，断然写不出那些大开大合、荡气回肠的词句！

我最喜欢读他的《清水塘祭》。少年心事，草木流水。闭目遐想，放飞心情。那是一幅洋溢着乡土气息的水墨丹青，更能让人体会到他那种浓得化不开的故乡情结。当初，读完了他的系列文章，掩卷自忖，难抑激动之情，便忍不住在日记上这样写道："有一处地方能让人梦牵魂萦，于是，他便让心灵时时游荡于故乡的蜿蜒小道上……"

《清水塘祭》营造了一种像土坯墙粗陶罐般的拙朴和浮萍如碧、睡莲丛生、绿苔半沉半浮一样灵动的语言环境，如诗如歌如画。如今的清水塘已是梦中故园，他回不去了，只能让自己精神去栖息，那个"祭"字，是永世不复的流逝。旧境即便是重造，精神也只能神游了。

我毫不怀疑别人说他有喜马拉雅的性格。，可读了《清水塘祭》后，我改变了看法。他能将故乡的清水塘纳入自己的胸怀并带往雪线，那些优美抒情的文字和字里行间不经意而流露出的淡淡忧伤，让每一个愿意读他的人深受感染。《清水塘祭》的背后，是一颗滚烫滚烫的赤子之心！

他曾在雪山荒原服役14年。惊天动地的冰瀑，多姿多彩的格桑花，动人魂魄的牧女歌声，经风沐雨的原始森林，共同构成了雪域高原的迷人风情，然而这些林林总总的风景风情，在他的性格特征中可触可感。

我从没有去过雪域高原。听说有个地方叫墨脱，在喜马拉雅山脉南麓，与印度接毗邻，是全国唯一不通汽车的县。不发达却让那儿成为一片纯净之地，而"墨脱"二字又是藏语"隐秘的莲花"之意。这样一片净土，这样一支莲花，永远让人心驰神往。

我也许永远走不进小小说的圈子，但我愿意倾听或者捕捉来自这个文学世界的所有声音和信息。

三 奶 奶

妞子的老家在山的那边。

村子不大，依山傍水，几乎每户人家的房前屋后都有柿树梨树花椒树。妞子喜欢那里，一放假就随奶奶回老家，那是妞子最开心的日子。

8岁的妞子扎俩朝天小辫儿，插一头野花，捉蛐蛐儿，掏鸟窝，就会漫山遍野疯着玩儿，野丫头一个。

妞子的奶奶老妯娌四个，分东西两处院落居住。院墙矮矮的，不耽误妯娌几个隔墙儿说闲话唠家常。妞子的奶奶论排行是老二，与三奶奶同院儿。

几个奶奶喜欢城里来的妞子，都拿她当宝贝，疼都疼不过来。可妞子最喜欢三奶奶。

三奶奶爱说笑，生就的乐天派，不知愁是啥滋味。妞子的奶奶常说老三家吃了呱呱鸡儿肉了，一天到晚就听她笑个不停。三奶奶要不是笑时爱用手捂嘴，那笑声指定能顺风传出去二里地。

无论谁叫三奶奶，她答应时不说"哎"，老是长长地拖着嗓子说"噢——"听着像眉户戏里的拖腔，极有韵味。妞子就一遍一遍地叫着"三奶奶、三奶奶"寻开心。初开始，三奶奶不在意，一叫一应，渐渐地听出毛病了，就把手举得高高的说，你个坏女子，看我不打你。并把那双半大脚原地跺得噔噔响，佯撵妞子。看妞子慌不择路地逃跑，她得意地"咯咯咯咯"笑弯了腰，声音好响好响，惊动了树上栖息的鸟儿。

妞子静下来的时候爱偎着三奶奶。三奶奶疼妞子，老是变戏法儿似的从做针线活儿的筐筐里不是摸出俩青皮核桃就是拿出一把用白土炒过的面豆塞给妞子，惹得妞子对那针线筐极有兴趣，得空就翻啊翻，老惦着里面可口的吃食儿。

三奶奶右手中指上一年四季戴个亮亮的铜顶针，针线筐里有永远也补不完的烂衣裳和破袜子。做活儿时，三奶奶边飞针走线，边哼几段眉户戏。三奶奶唱戏时嗓音略显低哑倒也委婉，时而欢快，时而悲怆，动情时还边唱边讲解，什么尼姑思凡火焰驹、皇姑出家、老五更等，她说是三爷爷那老东西教的，说的时候一脸幸福很陶醉。妞子小，不懂，暗自纳闷儿了好久，

把自己站成一棵挺拔的树

三爷脚上的鞋子实纳帮千层底打石榴籽儿，一双又一双整整齐齐地码在炕头那个红漆描金箱子盖儿上。旁人说"男人前边走，带着女人手"，都夸三爷好福气，三爷怎么成老东西了？妞子长大了才明白，那是昵称，就像现代人说"亲爱的"一样。

一只小母鸡"咯咯嗒、咯咯嗒"从后园溜达着出来了，三奶奶说鸡子的脸通红通红的该下蛋了，妞子饶舌地问咋脸红就该下蛋？三奶奶说傻女子，将来你找婆家了脸也会红的。鸡子下蛋和找婆家有啥联系？妞子拽着三奶奶的后衣襟儿，正想问个水落石出，妞子的奶奶腰里系个家织的蓝粗布大围裙甩着手上的水就从厨房里出来了，冲着三奶奶嗔怪地说："老三家，听听你说的叫啥，她是个小围女儿，你也不嫌寒碜。"三奶奶吐吐舌头，倚在门框上用手背捂住嘴吃吃地笑。妞子越发糊涂了，坐在大门口那颗核桃树下，双手支着下巴，呆呆地望着不远处那条小溪里一群鸭子在嬉戏，听着崖头上放牛郎嗒嗒唎唎的吆喝声，想啊想啊想得头疼……

门前小溪里偶尔会有一两只白色的大鸟单腿立在水中，尖尖的嘴巴不时地从水中寻食小鱼小虾。妞子拉着三奶奶的胳膊激动不已地问她那是啥那是啥？三奶奶说它叫长脖子老等。等啥？三奶奶就一手拽着妞子的小辫儿一手刮着妞子的鼻尖儿说等啥？等鱼吃呗。

多少年后，妞子学杜甫的千古绝句"两个黄鹂鸣翠柳，一行白鹭上青天"时才恍然大悟，原来长脖子老等的学名叫"白鹭"，妞子还是觉得远没有叫"老等"更形象更贴切更能让人联想与回味。

快乐假期即将结束，妞子依依不舍地去和三奶奶辞行，未张口就抽抽搭搭地抹泪儿。三奶奶一边笑着说妞子不哭，一边从针线筐儿里拿出个白布包，里边清一色的红皮儿煮鸡蛋，塞到妞子怀里时说亲人上路一定要记着吃煮鸡蛋，囫囵囫囵的去，囫囫囵囵的回啊。

跟着爱说笑的三奶奶，童年的妞子学会了遐想和对爱的守望。揣着热乎乎的煮鸡蛋，带着三奶奶的质朴美好的祝福，妞子踏上漫漫的人生之途……

故乡老屋

我不止一次问自己，老屋是什么？

儿时遇假期，总会被送回老家。逢回家时，奶奶就会特别嘱咐我妈，带些城里的土回来好撒在水缸里。她担心我水土不服。

奶奶的担心不无道理。老家在豫西丘陵地区，水土硬，每次回家，若是忘记带土，身上总会留些伤疤。带着记号回城了，我妈就摸着那些疤心疼地说下次不准回了。说归说，回归回，城里的土却是无论如何不敢忘记带的，因为出的那些点点痘痘溃烂之后，很痛很痛。

再痛也抵挡不住疯玩着的开心。在我妈面前时，这不许做那不准摸。我妈说女孩要有女孩的样，坐有坐姿，走有走样。回到老家，可就由不得她了。

脱离管教的日子太惬意了：我可以跟着二叔家的女儿去河边挖一种叫作水红花的野菜；可以在她小小的闺房里地弹凤凰琴；可以光脚爬树用面筋粘知了；可以在山坡上捋黄蒿，两手青绿色，满身裹着野草香，二叔家女儿说这样不招蚊虫叮咬。

爷爷奶奶住的屋子叫上房，两边各一溜儿厢房，里面住的是我的几个叔叔。我随奶奶住，晚上睡她脚头儿。那是一张大炕，任你怎么翻也不会掉下来。炕上有长长的粗蓝布枕头，两边有花，

把自己站成一棵挺拔的树

绣的是梅兰竹菊四君子。紧挨炕的那面墙有布帏，有很艳的花，是山里人家常用来做被面的那种。奶奶喜欢那些艳丽夺目的花，晚上睡觉时，摸着那床帏说，你瞧瞧，这花啥时都是新崭崭的，给我妞子做件大花袄吧？奶奶的手很粗糙，抚摩床帏时，发出沙沙的响声。

山村的夜晚静寂异常，墙根底下有永远不知疲倦的虫儿在吟唱。这样的夜无事可做，我就着盏煤油灯看连环画。奶奶嫌费油，扯着大嗓门说睡睡睡去。我心有不舍地收起书，伴着奶奶的咳嗽声想着画册中的故事进入梦乡。梦里的我果然穿上了大花袄，头上插满野雏菊，四处臭显摆。次日起床对着那面模糊不清据说是奶奶陪嫁的镜子梳洗时，发现鼻子被那煤油灯熏得黢黑。

院里有棵黑槐树，奶奶叫它真槐，花季稍迟于洋槐，会结槐豆。熬稀饭时，把那叶子捋一把洗净放锅里煮，那粥黄绿色极诱人。黑槐树上总有鸟儿栖息，听得见斑鸠的咕咕声……

两个叔叔在煤矿上班，不常见。婶婶们家里地里都是把好手。院子里辟出一块儿菜地，顶着黄花的南瓜和深绿色着一层白扑的藤还有打着卷儿的秧须爬满了墙头，招蜂惹蝶。婶婶们会绣花，粗粗的手捏着绣花针一点儿不笨拙，飞针走线的同时嘴也不闲。谁家闺女出阁，哪家孩子吃面，东家长西家短的，话题丰富得跟手中的绣线一样五彩缤纷。

小叔叔会唱歌，他若是不出去放牛，就在院子扯着嗓子唱："花篮的花儿香，听我来唱一唱……"我总纳闷儿，什么花儿能尝一尝啊？寻思着一定要把这能吃的花找来，亲口尝一尝，这个想法困扰我了好久好久……

后来叔叔们有了自己的宅院，相继搬出，老院里就冷清多了。可奶奶有纺不完的棉花，织不完的布，纳不完的鞋底儿，唠叨不完的家长里短。有些驼背的爷爷总是旱烟不离手，鼻子里老有浓浓的烟喷出，即便是不抽了，也非要叼着个空烟袋。奶奶说："你个老不死的，烟袋焊你嘴里了不是？"

如今爷爷奶奶都走了，老院老屋还在。今年清明回家扫墓，特意去看了。老屋历经风雨，如今已破败不堪。那炕居然还在，感觉那么窄恰简陋，以前，我可以在上面翻跟头。

老槐树也在，枯了半边，另一半却抽出新枝，要不了多久，老树依然枝繁叶茂。我在那棵黑槐树下，抓起了一把土，仔细包好，带回城来。

带着对老屋的不了情结，我将这把黄土细心地撒在阳台上那株绿萝的根部……

老屋里有爷爷奶奶留下的气息，走进老屋，就走进了对往事的回忆和眷恋中。

老屋是故事。走进老屋，就走进了我的童年，走进故乡亲人们的故事里……

怀念老屋，怀念那些粗陶罐承载的岁月。

琐事闲侃

有些事情真的很怪，当你准备教育别人时，总有一些意外发生，让你尴尬不已，不知哪里出错了。也曾使劲想过，想啊想啊，想的花儿也谢了，终是不得其解。

又到了晚上。这个时间段我照例把守书房挂网冲浪，客厅那块儿地方就由他统领了，楚河汉界，各不相妨。

他一直认为看电视就是最有效的放松方式。通常情况下，若有感兴趣的电视节目他就极其专注地看。之所以称为"极其

把自己站成一棵挺拔的树

专注",就是一般人绝对做不到的意思。这时,你跟他说什么他都听不见,包括一些称赞他的话。因为素日我的话稍有一点点贬义他就听不着了,但是,只要一夸他,八丈远也听得分明且喜形于色。

再来说说非通常情况下他的一些情况。若是没有感兴趣的节目了就看碟,二战的伦理的惊悚的科幻的搞笑的……整个儿一杂食动物——对了,还特别爱看拳击。

我对拳击始终抱有敌意,这个运动项目太血腥,俩人一对视,不论青红皂白就老拳相向,打就打了,动辄还咬耳朵。耳朵又不是什么别的物件,残了,实在是不好修补。上次参与招聘了个项目经理,董事长说红酒你啥眼神儿吧,五官有严重缺陷的人你都敢往公司整?我赶紧重新相看,不看还好,一看大惊失色,项目经理耳朵上的缺口儿跟泰森咬的那个形状一模一样,害得我老怀疑眼前这人跟泰森嘴下逃生的那倒霉蛋儿是亲兄弟。

对于热衷于观看拳击赛的我家大哥来说,我往往嘲笑他骨子里老有扁人的动机,可又打不过,只得看个拳王争霸赛来安慰和满足自己一下下了。

今儿也不知他哪根神经短路了,居然会放弃看碟,破天荒地摆弄起自己的皮鞋来了。这些事情,平时是绝对不会干的。我很好奇,于是就问。他说,晚上在酒店用餐时,果汁不慎滴鞋上了,有痕迹,亮亮的黏黏的,看我挂网兴趣正浓,不忍打扰,就自己动手擦了,还说要放阳台上晾晾。

我家大哥也和其他男人一样,有一阵儿伪装得很勤快,譬如下厨炒个小菜吧,再譬如干些力所能及的家务活吧还行,可是,一个人勤快一时很容易,难的是一辈子都勤快,时间长了绝对露馅儿。尤其这些年,在家里无论干什么事他都显得漫不经心,偶尔下厨会切破手,偶尔煮个粥会糊了锅,偶尔拖个地会弄折拖把。朋友送了只活蹦乱跳的鸡,他高高地挽起衣袖刽子手似的一手鸡一手刀冲鸡脖子就是一下。我担心弄脏厨房，一个箭步冲进去取只碗放鸡脖子下面，老半天，流了类似分币大小一摊血。他丢下手中的屠刀，失望地说，这鸡太小气，不出血。那鸡满不在乎地看看我再望望他，一脸不屑。我说哥，不对吧？据我不完全估计，这鸡到明天也难断气儿。他还不信，非让我耐心等死——等鸡死，狂晕。

前些天我准备出个远门儿，临行时我说你可别把钥匙锁家里啊。他说你放二百个心吧，这么低级的错误还能找上我？这边我坐上车还没出市，那边他老兄电话就追过来说把钥匙落家里了还埋怨我乌鸦嘴。后来听说花了50元请来专业开锁的高手费劲鼓捣开才不至于流离失所。他平时都是不问家事养尊处优，整个儿一副业务生疏的样子，你说如今他都这样了我能放心吗我？话虽这么说，其实我是处于惯性，操心操的刹不住车了（偶尔不失时机地自夸一下也行）。我说我来吧，你放不好，指不定掉楼下呢。我抢过他手中的鞋，拉着他一齐来到阳台上，像导师似的做示范，我说："你看好，就这样放——"

真不是大话自己，我这不是一向细心嘛。于是，打开玻璃窗，嘴还不闲着："如此简单劳动你都做不好，我呸！"

这时，我鬼使神差，说话不及，一只鞋子脱手而出，居然穿过防盗栅栏的缝隙一个跟头俯冲到了楼下。

人家懒得理我，转身回客厅看电视去了，估计又是什么拳王争霸赛。于是，就有个傻瓜穿着睡衣，气急败坏地蹿下楼，打着手电，瞪着500度的近视眼，半夜三更扫雷似的在外面找鞋……

第三辑

琐事闲侃

把自己站成一棵挺拔的树

 雅聚有感

傍晚，红袖开车来接我，然后直奔大卫家。大卫家不近，把守着这座城的最东北，也就是他经常挂嘴边的"五队"。

"五队"不是别的，说全了应该是"第五生产队"。

"生产队"太有时代痕迹了，"70后"们听着也茫然，更别说"80后"、"90后"们了。

"久远"是关键词，仿佛离他们有一个世纪了，因此，"久远"一词是贴切的。

叫"五队"有说处，那就是离市区太远太远，来一趟委实不便。

从我家出来，左拐，右拐，再左拐，前行一阵子就又右拐了，然后，七拐八绕弄得头晕，还沿着护城河猛跑大半晌再左拐依然跟不要命似的奔上小半天才能看见那栋暗红色的楼房，"五街坊"赫然入目。

"五街坊"就是五队，也就是大卫这家伙能想起这个词儿。

他说，搁以前这个时辰，城门就要关闭，你们想来也出不了城。

譬如你红酒，想来，还得打通关节，动用关系，通融个把时辰，然后人家把吊桥放下，你才能踏着月色来到"五队"呢。

这话有意思，依他所言，红酒我还踏月前行？我该不是胳臂上挽个蓝花小包袱，梳发髻、齐眉刘海，印花粗布衣褂、青布鞋吧？

天，这样一想象，跟化装出城走亲戚接头送情报一样一样的。

有这个纵深想象的人绝对不年轻了，如我，我们……

这想法，"70后"不会有，"80后"也不会有，"90后"更不会有。

即便他们有，也跟找组织不搭，指定是和朋友约会有关。

也不尽然，人家约会也不用出城奔麦秸垛和庄稼地。酒吧、咖啡屋、练歌房，灯红酒绿繁花似锦处才是绝妙去处呢。

城外，麦子已经收拾妥当，只留下一行行焦黄的麦茬执着地硬撑着。

哪天，时机对了，农人播下秋种，麦茬就抖擞精神开始了守望。

转眼，田野又是青纱帐。

一年一年的，就这么过去了。

有"五队"的年月，也是这么过去的……

有个地方，是回族人的聚集地。大卫带我们来吃烧烤。

大卫以前的专业是古家具鉴赏，会有意无意地把话题扯到这上面。

于是，我知道了海南黄花梨和越南黄花梨的区别，红木怎么就成了硬木的代名词，知道了什么叫"全彻"。

当然，我所说的"知道"，仅仅是皮毛而已。

这些知识，对大卫来说是他的专业。对我而言，或许是怀旧心绪。毕竟，这些，都在一个特殊的时期被人们粗暴地践踏过。

如今再提，那些精致华贵的古家具就成了传奇。

还说到穆斯林，阿訇，回人习俗，和田墨玉，犀牛角，汉八刀……

最放松最愉悦的事情莫过于三五好友相聚，笑声连连，话题多多。

正如今晚，清风柔柔，流水潺潺，把盏邀月，清雅无边。

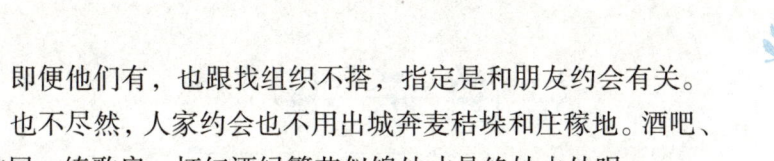

说说杀鸡

今晚是个雨夜,我闲得无聊,和人海侃。不晓得怎么就聊到杀鸡,我说这我在行。朋友说你就你你会杀鸡?这家伙一吃惊说话就不带标点符号跟烫住似的。我没直接答话,只嘿嘿一笑。这笑就有些许内容了,没准儿别人听了,也有一点点毛骨悚然之感呢。

于是就毛骨悚然说说杀鸡好了,当然,我先讲。

这年代啥都变得快,记忆中有关杀鸡方式的演变有好几种。早先是到市场上卖鸡的摊儿前,相面似的挑好,过秤、付完钱就美滋滋地掂着鸡走了。

到家后要看自己杀鸡的本事,我有两次经历最难忘:头回是嫌刀钝,串了好几家才找到块儿磨刀石,就着清水,一下一下把刀磨得飞快,几乎快赶上青面兽杨志卖的那把手刃泼皮牛二的刀了,且不说削铁如泥,最起码也是吹发即断。

刽子手似的拿起刀后,突然手抖得厉害,大概找到位置,闭眼就是一刀,忽觉一阵钻心疼痛,再睁眼见手上一片殷红,原来自己受伤了。于是一阵忙乱,找碘酊找创可贴找纱布找个清静之地疗伤去吧。第二次手起刀落鸡不动了,忙放进盆里,热水一浇,那鸡扑棱着翅膀飞出来了,见人过人,逢墙跃墙。惊骇中,我掂着刀气喘吁吁直追了几十米才又重新将它拿下。

后来市场上有人专事杀鸡行当。买了鸡,再拿出5毛钱往那儿一拍,根本不用废话,人家自然心领神会,专门替你收拾。舅家来人带来一土鸡,找业内人士宰杀时,鸡身的温热使我忽地动了恻隐之心。凭啥就该让人吃?此念一生出,我就改了主意——先当宠物养着吧。从此那鸡饥一顿饱一顿极艰难地过了个把月。

市内不许养鸡的通告白纸黑字上了墙,居委会的老太太们每天瞪着俩大眼儿探照灯似的在院里转悠,看见谁家养鸡像见了仇人。无奈我又把宠物鸡拿到市场上,职业杀手掂着鸡翻来覆去地看了老半天,一脸困惑地问:"鸡还是鸽子?"原来肥肥的鸡被我"精心"喂养得极其骨感。这鸡算是毁了,基本上属于虐杀,我痛恨自己太不人道。

再后来,杀鸡的便与卖鸡的配套合一了。基本程序是买了鸡后,卖鸡的问杀不杀?当听你残酷无比掷地有声地说"杀"后,立马手持薄刃,玩儿似的照鸡脖子就是一下,手法快得如同金老爷子的武侠小说《雪山飞狐》里的胡一刀。还没等你看明白,卖鸡的就把那倒霉的家伙扔进一桶样的设备里去了。一按电门,桶样的东西就呼呼隆隆转了起来。一会儿工夫,那鸡浑身赤裸着被提出来开膛破肚,三下五除二便拾掇干净了。

这种配套服务方便得很,可我觉得再也找不回当年买鸡后笨拙地去收拾的乐趣了,鸡的味道木木的远没有过去香。

朋友点头称是,还说明儿就去买鸡,回家开练。真不行,请阿姐飞刀屠鸡,他站脚助威,最不济也能打个下手……

晕,这家伙当真了,吹牛谁不会呀!

不过,他以为我是吹牛就大错特错了,哈。

速写猫趣

清晨,隋唐遗址。

一塘新荷,吐玉绽红,蓬蓬勃勃,招来游蜂嗡嗡,更有鸟

把自己站成一棵挺拔的树

语声声，婉转动听。

独自赏荷，闲逸，悠然。

塘边，还有只猫，黑白相间，无聊地张望。

话说那猫正闲得慌，可巧就有一只蟋蟀蹦蹦跶跶过来了。

花猫立刻精神抖擞跑到蟋蟀跟前儿，凝神观看。片刻，出手。也就是轻轻一拨，蟋蟀便缩成一团，身下浸出水来。

花猫并不放过它，伸出爪子，一左一右，交替开弓，蟋蟀成了肉泥。

花猫失望地转过头，又有一只蟋蟀蹦蹦跳跳不知死活地过来了。花猫一个箭步冲了上去，把身体拱起，威风凛凛很进入状态地盯着蟋蟀，继而又伸出爪子没一点儿花样地欺负着它。

蟋蟀原本是好战的玩意儿，可仅限于同类之间的决斗，没来由地遇见了猫，偏那猫这会儿又闲着，蟋蟀就成了天底下最倒霉的那个倒霉蛋儿。

这会儿猫斗蟋蟀，与除恶扬善无关。蟋蟀依然不堪一击，与同伴一样顷刻间命丧九泉。

蟋蟀与猫遭遇，猫并非它的天敌。花猫原本是想跟它玩耍，绝不会处心积虑地想要整死蟋蟀。可是，猫热情得过了头，动作也忒粗暴了些。

两只能蹦能跳的小蟋蟀顷刻之间死于非命，猫一点儿也没愧疚之意，或许它以为蟋蟀藏起来了吧。花猫兴奋地来了个训练有素的卧倒，然后迅疾翻身，四脚朝天，把身子紧贴地面，得意地蹭来蹭去，乐不可支。

我静静地观看，觉得好玩，忍不住"咪咪咪咪"叫它。

它把头侧向我瞄了一眼，停留片刻后又继续在地上翻腾玩耍。

"咪咪，咪咪——"我不厌其烦，同时把声音调整得很轻柔，再叫，花猫还是不理。

我走近了它,蹲下。花猫停止了动作,斜眼看我,一脸不屑。我伸出手,只在猫身上点了一下。

它一个激灵,爬起来就跑,转眼没了踪影。

我很满足地起身,向花猫逃遁的方向望去。

居然看见了它,哈,躲在一棵丁香树的背后。

花猫也在看我,探出小半个身子。

我冲它张牙舞爪做了个猛虎下山的动作,它又被吓跑了,惊恐的样子跟有夜叉在身后死追一样。

我与猫,我强大。

蟋蟀与猫,蟋蟀弱小。

自然界就是这样。

这所园子里有山有水,雪松中藏有野鸡,成对儿成对儿的,我见过。听说还有小刺猬出没,没准儿哪天,就会被我撞上。

这样想着,想着,不知不觉地绕过牡丹石,穿过紫薇园。有风袭来,满是花香……

 散散淡淡话七夕

他说他们约好了去一座千年古刹烧香,还说中午就在那里用斋。依我看来,不过是找个由头出去玩耍而已。

我说今儿七夕,喜鹊都忙着衔枝搭桥渡那牛郎织女千里相会,你们可好,一群见肉不要命的傻老爷们儿居然吃斋去了,不是矫情又是什么?

还以为放鹰了呢,谁知,不到3点人就回来了。

说话不及,又到了晚餐时间。和他徒步来到桃花庄园用餐,

把自己站成一棵挺拔的树

点了个刘关张桃园三结义,其实是一份鹅脯丁炒蒜薹儿,杂粮面食,月牙形状,黄黑白,味道一般。

形式大于内容,是所有酒店里的拿手好戏。吃两口就没食欲了。我说还用得着义结金兰吗?咱俩啥关系,比那刘关张铁多了,这菜点得盲目。

在桃花庄园就餐,要的是个心境,还以为能遇上一个桃花般的女人呢,其实不然。遍寻不到一个眼含秋水粉腮娥眉的人面桃花,我极失望……

餐饮区东侧是一大片桃园,四月天时来过。站园子边儿,"桃之夭夭,烁烁其华",《诗经·国风》的这篇《桃夭》中的绝句会时不时地蹦出,真想说点什么呀……如今,桃子早已罢园,一大片林子仅剩下了墨色的桃叶。我说,走走?他说,好。于是我们就沿着鹅卵石铺就的甬道向园中深处走去,不想被一阵犬吠声吓得半死,心情全无,灰溜溜原路折回。

出来后,站在一溜儿假山旁,望着闪闪烁烁的霓虹灯,他依然惊魂未定,说:"桃花庄桃花园,桃花庄园有恶犬……"我笑傻了,连声说好诗好诗,顶了!

一弯新月悬在空中,昏黄色,很不诗意,雅香金陵顶楼上灯火璀璨,抢眼得很。他问,要是站在空旷的荒野中看月亮,会是什么样子啊?

有人放烟花,瞬间的美丽很能打动人,我们驻足观望良久……

途中他说起了秦淮河上的花船和八艳之首奇女子柳如是,说起了婉约派词人,说李清照,说南唐后主李煜……

七夕之夜,散散淡淡,今夕过了不复返,心下已怅然。

是为记!

竹林情结

又一次走进竹林。

可是,这个竹林不是真正意义上的竹林。竹林是个镇子,是个让无数人艳羡的地方。

对于竹林,我有着浓重的情结。

那年采风来到个依山傍水的小山村,或许山里人爱竹,或许山村的地脉适合于栽竹,家家户户的院落旁都有成片的竹林。面对摇摇曳曳的绿竹,我还是暗自猜度这里的山民一定是以竹明志,一如唐代韦式所说的:"竹,临池,似玉。悒露静,和烟绿。抢节宁改,贞心自束……"好一个贞心自束,好一处懂得贞心自束的村落和山民。

学兄擅画幽篁,躲进竹林后,打开画板。我倚竹而立,看他挥毫泼墨,竿竿翠竹跃然纸上,挺立舒展。有风微微,竹叶婆娑,阳光毫不吝啬地穿过修竹缝隙挤进林子,幽处尽幽深,明处皆明媚,人入画,画中人,那是怎样的一个午后啊!

于是,山村竹林就成为一个念想,一种情结。几十年哗啦啦翻书般过去,唯那处竹林和竹林里的景色,深深栽种在我的心田。每每想起,仿佛发生在昨天……

因了这浓得泅化不开的竹林情结,我将它植入了我的小说。《紫记儿》中桃花溪水边的郁郁竹林,白衫少年陆子方巧夺天工的竹艺竹雕,无一不是我对心中那片竹林的情感的宣泄与寄托。

这次走进竹林,是为了一场盛会,老友新朋齐聚于此,那份欣喜和冲动溢于言表,欢声笑语,奔走不禁。

清晨,偌大的院落里,三三两两或者七七八八,一堆儿一堆儿全是沙龙里才情过人的帅男俊女,三明市的才子天井不时地

把自己站成一棵挺拔的树

忙着抓拍，威海帅气与儒雅于一身的警官老魏说这竹林镇是个天然大氧吧，不出去走走可惜了。

于是，一群人出了门左拐，兴致勃发，觅竹访竹去了。

初冬，薄寒。途经一处园子，见满园瘦竹翠色不再，竹身微黄。不知为何，这些瘦竹难见颓靡，却令人陡添豪爽之气。风霜难复侵，来年又逢春。结伴来观，新竹依然。何况，拔地而起的不光是竹，还有竹的高尚气节，年年岁岁，岁岁年年，风骨永不减。想来，它传递出的意蕴内涵，不正是我们为之崇尚和追求、打造的精神家园吗？

的确，竹林镇是个好地方，这里有近20000名吃苦耐劳敢于进取不甘平庸的民众。27平方公里的面积，人才济济，藏龙卧虎。这里有82家工商企业，有全省医药行业的翘楚太龙药业，有风景如画的国家级AAA级旅游景区，有全国农业旅游示范点并有着年接待游客20余万人次的能力。去年，竹林镇完成社会总产值37亿，上缴国家税金近2亿元，综合经济实力在全省名列前茅……身处竹林镇，这些数字不再是数字了，它是精灵，是跳跃着的音符。

沿着竹林的黛色围墙一直前行，一行人七嘴八舌，都说竹林镇的崛起是个传奇。此刻，朝阳的光芒温温柔柔，走在人前的是身着绣花衣的非鱼和黑衫陈毓，竹林镇的太阳尽情抚摸着她俩的身影。这一刻，我羡慕地望着非鱼如缎的长发，盼望着此刻有阵风，让她的秀发像旗帜一样高高扬起。

然而，在很多人眼里，竹林镇的赵明恩才是一面真真正正的旗帜。几天来，采风中的我驻步与人交谈，所到之处对他的赞誉声不绝于耳，这个有着铮铮铁骨的汉子更是个传奇人物。他有着很多身份：全国人大代表、郑州人大常委会副主任……其实，当我面对他时，更想亲切地称呼他赵书记。虽然，他是竹林镇的党委书记，竹林镇的带头人，可是我敬佩的人不光属于竹林镇，他同样也属于我们。

如今的竹林镇今非昔比：3次荣获国家卫生镇和全国文明镇等30多项国家级荣誉奖；进入国家可持续发展试验区和联合国可持续发展试点；中国首届人居环境范例，并获得了联合国人居环境最佳范例奖；国家主要领导人多次亲临视察……这些，如果没有党和国家的富民政策，没有赵明恩和他的领导班子，能行吗？

正如中国小小说事业的蓬勃发展一样，如果没有杨晓敏和杨晓敏所带领的团队栉风沐雨、穷毕生精力打造名牌精品，众多的小小说作者将会彻底失去灵魂栖息地。这所小小说的文学竹园，也难有"雨洗娟娟净，风吹细细香"的绿竹丛生新梢出墙了。

虚心竹有低头叶，傲骨梅无仰面花。竹林镇会以它博大的胸怀与不断进取的精神和惊人的创造力继续打造走向世界的名区名镇，中国小小说也将步入神圣殿堂，有无数的鲁迅文学奖获得者，尤其在改制后，小小说作为当代文化名胜，将继续营造这个文学绿地的事业，让省城郑州扬名海外。

对于我，竹林依然是一个念想、一种难以忘怀的情结，岁月越久，情结越深。我想，今后，我的故事里还会有竹林，竹林中更有小小说的故事……

第 四 辑　**岁月如歌**

把自己站成一棵挺拔的树

尽管灯火璀璨

住在5个星的宾馆,感觉蛮不错的。可我说不清怎么了,极不情愿待在舒适的房间里。于是,不顾外面寒气逼人,还是无比急切地想出去走一走。

我踏在松软的地毯上,悄无声息,感觉自己像只猫。过旋转门时,迫不及待地加力猛推,两大步就很不淑女地出来了。

省城要比我那个小地方温度低。其实听天气预报了,温度错不了多少的,可不晓得为什么,我感觉这么冷。

把大衣领子竖起来,心缩得紧紧的,眼睛却突然不够使了。

路边的树冠被金黄色的灯装点得盎然祥和,高大的楼四周也被五颜六色的彩灯镶嵌,一如夜幕黑色背景下的晶亮画框。酒店门楣上的霓虹灯更是流光溢彩,把自己的文化内涵张扬到了极致。金水大道上的车辆,来时是刺眼逼人的白,去时却留下满目暧昧的红,那白与红飞快地交织穿梭,像一练流动的锦缎。

眼前的这个城市把所有的色彩表现得恰到好处。靛蓝、鲜红、翠绿、粉红、淡紫,还有高贵的金黄,素洁的银白极热闹的融为一体,处处诗冉冉画浓浓的。我置身于灯的风情中,难逃她的诱惑。

沿着这条路毫无目的地走着走着,竟走不出灯的包围。城的灯,仿佛点燃了这所城市眉宇间的沉睡,并将白昼间的繁华喧嚣无休止地拉长。这便是灯的魅力,灯光征服了城市,时间居然学会了屈从。

这座城市里不光有醉人的灯光,还有我的朋友,也不知这个时候,他是在拥被读书还是陪伴妻儿。

有些事情原本就应该这样,好像你看见了冰觉得寒冷,看见溪水觉得柔美，看见小桥觉得诗情，看见扁舟觉得画意。此刻的我，已被城市的灯感动得不可自制。我不由想起那个小城市的一隅属于我的地方透出的那束橘红色灯光。

蓦地，满眼的灯都被眼中升起的雾所遮掩，城市的灯似乎就像距离遥远的星光在视线中挣扎。我使劲儿揉揉眼睛，在手机上飞快地按下了这样的字："出差在外，脚下飘飘的，不踏实的感觉。"默默地读了两遍后发给了他。很快，那边回话："那就赶快回来，家里温暖。"

"家里温暖，家里温暖……"我反复咀嚼着，鞋跟儿敲在冰冷的地面上，嗒嗒地响，脚也冻得有些麻木，高腰皮靴难抵刺骨的寒。

他说的没错，尽管这里灯火璀璨，夜色撩人……

岁月如歌

我给小呆说，明日就是圣诞节了，今儿不妨聚聚。咱也不西餐了，那种口味也不是我们的最爱，平时玩个情调可以，若真吃起来，还是没九都料理来得痛快。当然，咱今儿不料理咱烤鸭或者顺天肥牛自选吧。小呆说，你怎么老想着做吃货呢？看天色大好，先走走再说。于是，我们俩就沿着我们村儿那条不知名的小河走。

河面上有薄薄的冰，有些地方没结严实，能看得见水在缓缓流动。小呆捡起一块石头，胳膊一抡，就见一道漂亮的弧出现了，"咚"一声，破冰而入。小呆很老练地说，水很浅，信不信？我慌忙点头，讨好地说信信信，鬼才不信呢。

把自己站成一棵挺拔的树

小呆不是真呆，小呆同学的优势是爱打别，那别劲儿一上来，我自然不是对手。既然不是对手，那么我又何必做小呆的对手呢？知难而退是我的强项。

冬日暖阳，温柔得令人感动。小呆说起童年趣事来总是谈兴浓浓。我惊讶着小呆同学有个青青涩涩快乐惬意的童年。为什么男孩子的经历总是那么的丰富多彩，譬如小呆，打群架，做弹弓，掏鸟窝，溜冰，偷鸡，摸狗……

小呆说假如人的童年按12年划分的话，他自己就有一大半的时光扔在那块儿黑土地上了。那时的小呆喜欢溜冰，常常背着自制的冰鞋在冰面上闹腾。小呆做冰鞋也有一手绝活儿，搁现在抢注个呆子商标估计没啥问题。

呆子牌冰鞋是这样制作的：趸摸块儿木板按脚大小画好，用锯条一点一点不辞劳苦地锯开，脚尖部分钉上钉子。钉子的作用是为了刨冰或者掌握方向或者便于站稳转向而绝非我所想的那样拿来戳人。然后，再用两根稍粗点的铁丝固定在脚掌部位，在临近脚踝那儿穿上绳子就可以了。

冰鞋一旦做成，无论如何家里也是待不住的。

童年时的小呆胆子极肥，只要在老妈的视线以外就可劲儿闹腾。冬日的湖面结冰，厚薄不匀，岸边有棵树不知何故倒了，恰好作为独木桥通往一处小岛。小呆大喜过望，连蹦带跳顺着树就过去了，返回时站在独木桥上得意地说："曾经我有去有回还……"话音未落，脚下一滑，小呆就掉进冰窟窿里了。

小呆的妈妈养了3个男孩，没一个能让她省心。小呆是老大，有时候妈妈也会一厢情愿地拿他当女孩使唤，尽管有点自欺欺人的意味，可我敢说，小呆的妈妈绝不会往自欺欺人这方面想，她老人家还是想把小呆调教或者说打造成为一个复合型人才的。

妈妈让小呆把馒头熥热，反复交代他看好锅别烧干。小呆答应了，可转身就背着冰鞋溜冰去了。溜得正欢，猛然想起馒头还在火上,赶紧回家但已经迟了,满屋子是烟,锅里水熬干了,馒头焦黑。小呆的妈妈盛怒之下,取出一把斧头——当然不是劈小呆,而是三下两下劈了那精心制造的溜冰鞋。小呆同学自知理亏,大气儿不敢出,望着一堆儿碎木片,欲哭无泪。

冰鞋没了,小呆没了玩的去处,就只好窝在家里,患自闭症似的一待就是3天。3天中,小呆百无聊赖,拿出一枚大扣子穿上绳子拉着玩。一松一紧,一紧一松,能发出单调的嗡嗡嗡的响声,像一群迷向的大马蜂。

妈妈慌了,不再计较她儿子的过失,主动说房后还有板儿,你再做一双好不好?

东北那疙瘩不像河南,做的饭可以把火封住。那儿烧柴,一顿饭一生火,似乎是为了节约。生火时必须要用刨花做火引子。小呆家在机场附近,那儿有一个木材加工厂,那么多人家都要用这里的刨花,小呆家也不例外。小呆觉得压力很大,因为一放学就让妈妈给派到那儿捡刨花。

木工厂有一老一少俩师傅,人家在工作中最烦有人打扰,于是小呆就怯怯地站一边等着。这可不是掏鸟窝那会儿了,看样子小呆同学还是智勇双全一人,知道啥时候啥表情。俩师傅干一阵儿累了,找地儿坐下悠闲悠闲地抽烟,这个时候,才想起小呆来。于是不耐烦地说,来来来捡吧捡吧。小呆不敢怠慢,赶紧说谢谢叔叔。小呆同学嘴甜。

沿着河边走啊走,听小呆说了好多好多小时候的事儿……

又将是一年圣诞节,今天就这么过了,明年呢?

把自己站成一棵挺拔的树

今年雪，去年雪

一冬天，满城的人都在急切地盼雪。可雪就是不来，任凭人们千呼万唤。

我早就盘算好，哪天下雪了，就呼朋邀友或踏雪寻梅或古城老街走走，还极有可能效仿白居易邀请九江名流刘十九，给某某人发条短信："绿蚁新醅酒，红泥小火炉。晚来天欲雪，能饮一杯无？品茗小酌皆可。"当然，我与白居易他老人家遭贬后的惆怅心境截然不同，我只是不愿闲着，洁白的雪并不像别的什么物件可以藏着留作以后慢慢消受，雪融了无痕，过了这个时辰，怕是连肠子都悔得发青呢。盼雪，望眼欲穿。

昨儿个正在电脑前忙着，忽有几则短信过来，全说雪了雪了，属于那种喜出望外欣喜若狂般地通风报信。

如今我的这些朋友说话简练到令人惊讶的地步，动词省略直接就名词了，譬如茶了，雨了，咖啡了。更省事儿的是连咖啡的"啡"字也懒得说，索性一咖了事。假如有人某天听到我说"咖了"，千万莫要吃惊或是听不懂啊。

朋友正往省城赶，他短信说大雪铺天盖地的，鹅毛般呀。我盼雪盼得都快魔怔了，闻言即刻起身扑向窗边。呀，细密的雪下得迅疾快意，草坪上的雪已经有薄薄一层了。再看空中，苍茫一片，有风微微，驱赶着雪孩子全往西边游走。或许省城的雪如鹅毛，可这儿不是，细细碎碎的很精致。忽见一大片白羽毛似的反向东飘，不解。细瞅，原来是只小白狗狗在极其快乐地奔跑撒欢儿……

去年二月末有场很疯狂很恣意的春雪来访，我说三月才是桃花雪，这二月里的雪算什么？朋友说权且叫它杨柳雪吧，不

贴切，只胡乱叫着，有点儿诗情画意也就罢了。

那天傍晚我正懒懒地拥被读书，接到表妹电话告知"下雪了"，慌忙起身看个究竟。天地仿佛成了一色，白茫茫的晃人眼，院落中央的那座小山明显比昨日胖了许多。我和表妹一个德行，慌忙给朋友发了条短信，惊喜地告诉他我这儿雪了。他回复得好快，说他那座城里有处飘雪，可属于他的那块儿地方却是不见一片雪花飞舞。

天鹅城里的非鱼只嚷着说，好大雪！我说，你在干吗？这丫头用了一个词，说她在"晒雪"。这是太浪漫太有意境且无比撩人的比喻，我再也按捺不住内心的躁动，立马穿上大衣就独自外出了。

雪还在下，冰冰凉凉的。偌人的院子里空空荡荡，少有行人，偶尔有车开进，雪亮的车灯如剑刺破了静寂。灯光中，雪花飞舞，没有章法。草坪上已是厚厚的了，草芽如针，破雪而出，顽强得令人感动。路面上深深浅浅的车辙无声地向远处延伸，空中有悉悉索索的声音，像无数只蚕在集体吞噬桑叶。所有的物体都比往日膨胀了，我的心竟也被一种情感牵绕，勃勃发发，不可自制。

当下归当下，这样一个诗意冉冉的雪天，如果不去珍惜，那就近乎傻了，于是就分分秒秒数着过吧……

"有梅无雪不精神，有雪无诗俗了人。日暮诗成天又雪，与梅并作十分春。"据说梅园里的红梅已然绽放，只是我无暇赏梅而已。此刻想象着白雪红梅、暗香悠然，也是一种享受。我突然懊悔自己不是个诗人，不能像钝刀老师快刀老师那样写出令人惊羡妙不可言的诗句来，只好复制个打油诗群发给好友死党："大雪纷纷下，下得这样大。若不这样下，哪会这么大。"诗意雪天当有诗意心境，好友接到短信后的反应太不一样了。

星哥是文人中的文人，喜好水墨丹青，尤其擅长山水。他得暇就自己驾车外出采风，恨不得阅尽山山水水人间美色。他

把自己站成一棵挺拔的树

不善表达,爱笑,整天没心没肺地傻乐。我就觉得他很阳光,心里天天都是一片明媚。更可贵的是他懂幽默,他这样回了:"大雪纷纷下,红酒没电话。红酒没电话,何必下恁大。"我读后,笑了半天,差点没岔气儿。

淡竹是我钻石级别的女友之一,才情过人。数她的回复最快:"雪朦胧,人朦胧。秀才吟诗咱应景,哈哈在梦中,这会儿才清醒。问姐只赏雪,还是捎带蒸?"她说的"蒸"是近期为我们所迷恋的一种健身疗法,叫托玛琳汗蒸。她很聪明的一段话既回应了我又提出了问题,实在是智慧得很。

红玉不是宝石,却被我一直看作宝石般的女人。她爱读书,懂情调,很小资。我经常会指着古城内的某处建筑炫耀地给人说,瞧瞧吧,这座楼是红玉设计的,而这个叫红玉的高工是我的死党。上次小小说圈子内来一朋友,恰好住在电视发射塔对面的某酒店,打开落地窗帘,一眼就能看到那酷似东方明珠的建筑。于是我就跟夸宝似的把红玉吹捧了一番。我朋友睁大眼睛,吃惊地连声发问,是吗?是吗?是吗?我得意极了,我喜欢看他那惊愕的表情。

宝石女人看到这首打油诗后是什么反应?她说:"呸你什么狗屁歪诗你还作家呢我吐……"典型的嗤之以鼻,充满讥讽与不屑。当然,被宝石女人挖苦一番,我还是乐得不行不行。

还有个叫孤灯的朋友收到短信后,保持了空前的沉默。尽管他平时不算深沉,喜怒全形于色,也没啥城府。我坚信他收到了我发出的短信,可他就是不理。或许他心想这打油诗写得这么糟糕你红酒还发个鬼呀?可你写个比这好点儿的出来也行啊?不理算了,这种人忒没意思。

雪落有声去无痕,或许,明晨早起时,这雪忽地没了踪影。可有一番乐趣,会久久萦绕在心头,值得我去追忆,回味……

散散乱乱的心情,散散乱乱的说说,感谢2009年的第一场雪!

乱炖茶坊

一

茶坊的某人写了个"乱读之后",一二三四很是完整翔实。我整整一上午啥都没干,就听她发感慨说心得了。极认真地从"乱读一"看起,这下给我羡慕的,心说,人家这才叫读书,不像我,看书叫一毛糙,看完了,人问看的啥?茫然,半天回不过神儿。

某人就不一样了,小学时看过的书依然记起,扳着指头算,如数家珍。

我怀着一颗崇敬之心,又看某人的"乱读二"。

惭愧,你说我要是读这么多书,还这么上心记个读后啥的,下笔若是没神就怪了。

其实很早以前,我还是喜欢读书的。只是我读小人书时,闺蜜读中国民间故事。我读中国民间故事,闺蜜读老外安徒生的书。我读《卖火柴的小女孩》了,闺蜜又读《红与黑》……以至于以后很多年,闺蜜都在我前面领跑……如今某人也这样,又在人前面领跑了。哎我说,累不累呀你?

再回头说说这"乱读三"。

萧红我还是知道的,她说过一句很无奈的话:"女性的天空是低的,羽翼是单薄的……"后来人们提到她,都会使用这样一些词汇,如萧风凄雨、苦苦挣扎、早早凋零……萧红的风姿与学识为许多人所仰慕,包括我。可是,萧红的早年生活、求学历程、先后嫁给萧军和端木,还有认识鲁迅、走上文学之路、情感波动、文学成就、最后的岁月、著名书目和故居等,我就

把自己站成一棵挺拔的树

知之甚少了……那啥，某人你不是个户籍警吧？你管这么多干啥，查户口也没你这样仔细，切！

这个，不能不再说说某人的"乱读四"。

《约翰·克利斯朵夫》的作者是罗曼·罗兰，严格地讲，他的这本书我没系统读过。以前有位老师告诉我，读书分粗读与精读两种读法，有些书适合粗读，有些书适合精读。当时我就自作聪明地把《约翰·克利斯朵夫》纳入粗读序列，我的成功经验是，只看内容梗概，当然，省了很多事儿，这叫捷径。

准备读某人的"乱读四"前，我下决心了我：读，一定精读！读着读着就发现不是那么回事了，某人说"乱读之后，实则为读乱，越读越乱"……某人太不厚道了，你到底让读还是不让读呀？"引导"和"误导"相距不远，也就一字之差吧。

乱读，读乱。

我晕，乱了……

等等，理理我再接着来。

我得整出个"乱炖"来。这边我还没有理顺思路，就有人急不可耐地发言了。沉鱼说哇哈哈乱了，乱了，彻底乱了，写乱了，读乱了，活乱了，既然乱了，就没有什么天理了。许子东说张艺谋的《三枪》是乱炖，敢情这老谋子的乱炖还不是首创，这里早有人开先河了。

乱炖，是我看到某人的乱读后有些话不说不快，也就是东一把西一把芝麻黄豆一锅烩而已，可是洛阳古城里还真有一道名菜叫作乱炖，谁来？我请！

这一嗓子出去，还真钓住了十来个吃货，茶坊里的沉鱼、落雁、闭月、羞花四大美人也在其中。

有个叫忘年的替某人说话：乱读，读乱，其实都好，开卷有益嘛。

还是钝刀知道我想听啥，他说红酒，这个"乱"是有出处的，是中国辞赋文学的经典之论。"乱"的最初含义是"提纲挈领"的意思，楚辞《离骚》篇末"加以乱曰"就是总括全篇的核心提要，后来的明清戏曲最后都要"加以乱曰"。你这个"乱炖"，2000年后说不定就成了一个经典，先祝贺下！

钝刀老师别吓我，真不晓得"乱"字这么厚重，一不留神儿，我这《乱炖》也整出个不朽，2000年就够远了，还说2000年后。哎呀呀，悲催的是，我看不到了。

不过，某人的《乱读》的确使我长了见识，我的《乱炖》也能让大家快乐。无论乱读还是乱炖，好心情才是最主要的。

二

几日前与九月相约名典咖啡。

平时爱说笑的他一反常态，长长的叹气仿佛欲吐尽胸中无尽郁闷。我见状忙问。他说，不顺心。

九月在一行政执法单位里当个不大不小的头儿，管着几十号人。公家饭吃着，有理布衫儿穿着，市场上那些商户摊主上赶着巴结，不想说话用鼻子哼，还不顺心？谁信哪。

他说自己虽然也有一亩三分地，但充其量也就是个听人吆喝、受人驱使的主儿。素日和同事们打哈哈行，往深处交谈就是禁飞区了。再说也不是随便和一人交谈就能引起共鸣撞出火花产生激情的。听不懂还一脸茫然，弄得你也兴趣索然找不到感觉。九月雄心勃勃想把单位搞得再红火些，费死劲儿整出一施政方案，报上去后估计不对领导胃口一言不发就给拉黑了。九月备受刺激，无奈地说："郁闷，郁闷死！"

九月在校时是人中精英，在单位无背景凭实力打拼多年不容易。前年局里搞竞争上岗，别人熬眼磨屁股凑出一稿对着念

把自己站成一棵挺拔的树

尚结结巴巴不成句儿，他玩儿似的弄一提纲，噼里啪啦一通猛侃即换来掌声雷动和委任状一张。别家的任务到年底东拼西凑整不出景致，九月那里8个月就完事大吉了，荣誉称号一大串儿。你想，人怕出名猪怕壮，出头的椽子先烂。眼下，九月他就是那椽子，就是那猪。说雅些，叫作高处不胜寒。

我逗他高兴说你现在是高手寂寞啊，他也不谦虚说独孤求败呢。我说给你介绍一帮高手如何？他略显活泛些说在哪儿？于是匆匆买单后直奔我家，打开电脑点击大河论坛进了茶坊。

也就是沏杯茶的功夫，他便兴奋得如同打了鸡血，忙不迭问我："那编辑赵立功是一风流倜傥的谦谦君子吧？"我问："此话怎讲？"他一脸得意说你想啊，老是比照着高标准不吃老本立新功的能不谦虚吗？

哑然。

九月兴致勃勃逐一评论：那小荷定是一美女，文章立意清新、文笔流畅，文如其人嘛；庄学的文章质朴感人情真意切，但肯定是位目空一切妄自尊大的家伙，依据是还说要装着学呢；星儿是一英俊少年；蓝调生活的文章思想性强，略显另类；深水取暖是个极可爱乖巧的扎羊角辫的美眉……

高手如云吧？

九月说那是那是有点儿意思，我准备打造一名来与各位切磋，你看叫"灭绝"或"独孤求败"咋样？

我说你打住吧，大了啊，没准儿先把你灭了呢。茶坊里藏龙卧虎，通常都是左手武当右手少林双手互搏，你万一俩回合不到败了呢？

他故作深沉说我再想想。

面对网络世界，九月的心绪渐入佳境。

一周后，电话那头传来九月熟悉的声音："弄了个能吓你一跟头的名儿到茶坊转悠几天了，感觉好得不得了。"

我忙说:"通报姓名。"

他卖关子说保密。

无奈只得密切关注茶坊里的动向,各位也替我盯紧点儿,看哪位文笔犀利老辣且带一丝淡淡的忧郁,没准儿就是九月那个狂妄寂寞的家伙横空出世了。

三

和朋友约了好久,总算敲定了听书的日子。

所谓听书指的是听河洛大鼓,一种河南土生土长的曲艺形式。

小时候,如若不是舅舅看上了说河南坠子的云儿姑娘,带着一大家子人浩浩荡荡随他前去相亲,我可能这辈子也不会走进书场里……所以说,我得感谢我舅舅那次的组团相亲。

一大早,王兄就有电话过来,说是龙不吟这就把车开到他家门口了。

自从写出了《曲艺队的角儿们》,我似乎对听书更是来了精神。不仅仅是我一个,王兄巴哥龙老板等好些个朋友都是如此,这不,才六点一刻,王兄就电话催了。

八时许,龙老板一行开车过来了。

平时,那王兄最难得的是四平八稳的做派和版主风范,或许在衙门里干久了,举手投足难免带些官僚之气:譬如爱抻着蛮腰伸个手指头强调某个不是问题的问题;再譬如指点个江山分析分析世界各国的军事动态什么的。当然,王兄更擅长观察卫星云图,经常弄个啥软件,侦查某个网友所处的城市有几条罗马大道或有几座帝国大厦,然后准确地短信给人家说你你你处在哪哪哪哪,无极限地放大着自己的优势。

比间谍还间谍似乎是王兄的强项。有次喝咖啡时,王兄也

把自己站成一棵挺拔的树

不管别人爱不爱听，兴致颇高地讲了半天如何运用那个劳什子软件，听得人云里雾里，半天不得要领。最后不得不承认，但凡我理解不了，必定是科技含量太高的缘故。

这次王兄不但亲自下车迎接，还步行将近5米，站在草坪旁手搭凉棚翘首相望。晨辉给王兄的身影涂抹上一层醉人的光芒，我陡然生出一种感动，于是，忙不迭地挥挥手，差点儿带走一大片云彩。

火蝴蝶果然如蝶，红衣白裤，艳如朝霞素似莹雪，长发飘飘，翩翩而至。蝴蝶身上有满族女儿的豪爽和热情，虽接触不多，可我印象极深，每次活动，离了蝴蝶，总觉得少了许多光彩。

曾经在南疆那块儿红壤上拼杀过的巴哥满面笑容依在车旁，身板儿挺得倍儿直，发型很伟人，是可劲儿往后梳的那种。一看那造型，我立马肃然起敬，忙不迭地吹捧："发型太棒。"巴哥说那是那是。我又说："血可流头可断，发型坚决不能变。"巴哥说不变不变，100年都不能变。就冲着能持久地观看巴哥的伟人发型，我也得努力活着，活成个千年老树妖！

王兄不用说更是精神十足，穿红着绿英气逼人，斜挎一包，无论怎么看，都像卖盗版碟的。虽然红T恤从色彩上稍稍逊于蝴蝶，但红得暧昧，红得厚重，比晚霞还晚霞。光看颜色，就知道这样的男人内心绝对平静不了。有个成语叫作男儿本色，不用探究，它就这么来的。

龙不吟依然气宇轩昂，沉稳内敛，不怒自威。学弟学妹们叫着"龙哥龙哥"，虽然听着有点儿黑社会，可让人觉得特有安全感，坐龙老板车，你是就撒欢儿跑到联合国，也不会心生丁点儿忧虑。

前些天茶坊里居然又来了个虎不啸。想起电影《唐伯虎点秋香》里夺命书生有句经典台词："龙不吟，虎不啸，小小书童可笑可笑……"我便打定主意，过两天准备个马甲就叫小小书童，我躲在暗处，极力配合老大龙不吟。

一干人说说笑笑上了车，忙给朋友短信："红酒我这就听书去！"

那边回："替我听，替我们大伙儿听。"顿时有了责任感，身后还有一帮喜欢民间艺术的朋友啊，有谁能说河洛大鼓早就因过于"草根"而失去观众了呢？

四

太阳很好，好得有些不由分说。

下午3点左右，巴哥电话说晚上坐坐？坐坐就坐坐，珠江路起源小厨，6点见面。

巴哥是个色友，很专业的，无论技术还是装备，全在流儿。前段和一群色友身着冲锋衣开着三菱越野扛着帐篷跑到很远很远的地方劫"色"去了，他说他的这帮朋友一个个全见色起意。我看了他拍的胡杨，那悲壮的姿态令人眼潮。

这些年珠江路已形成餐饮一条街了，白天不怎么样，沉寂着，无聊着。一到晚上，霓虹灯闪闪烁烁，大红灯笼高高挂起，老觉得路两侧都是婀娜多姿风情万种的美人，忘记疲倦似的冲你连连抛着媚眼，撩拨得人难以抵御。

小厨生意红火，客人走一拨来一拨，餐厅小姐忙着翻台，人声鼎沸，只是苦了王兄，耳朵越发不好使了。为了能让他听着，我有意将声音提高了许多，震得自己头顶发麻发懵。

曾经看过一本书，说无论男人女人，嗓音低低地和人交流是种修养，据说美国总统就职演说以前，还高薪聘一专业教授指导自己的嗓音调整到什么分贝是最佳音效呢⋯⋯眼下，我大着嗓门跟卖菜似的吆喝，风度全无。

把自己站成一棵挺拔的树

那洋子带着孩子,一个漂亮活泼的小男生,很爱笑,眉眼儿极像洋子。他3岁了,也顽皮,没安静的时候,在沙发椅上翻来翻去,还将身子伸出栏杆,二楼呀,就那么悬空着,看得人心惊肉跳。

为他们着想,同时也为我自己着想,我说赶快吃,吃完咖啡去,只有那个地方才是说话聊天的最佳场所。

上了洋子的京牌车,王兄突然说:"我车咋开?"我心想,天,几天不见就换装备了。惊讶中。

我以为王兄换装备了,于是就在一群奥迪别克车中使劲找。只见王兄潇洒无比地把钥匙套在手指上,一圈儿一圈儿地转着,很有派地走向另一个方向,我一看,靠东墙根儿并排放一溜儿车,全自行和电瓶,彻底晕死。

我劝王兄,别老说开车开车,你是骑车,一字之差,谬之千里,就这森地车,天哪,还开,真敢胡吹啊。

有了洋子的京牌车,就把王兄的森地车扔酒店门口了。洋子谦虚说自己新手上路,才7个月驾龄,论说应该划到马路杀手那个级别中去。不过,人家洋子那车开得既快又稳,根本不必担心。就这样,一行四人囫囫囵囵稳稳当当到了西餐厅,王兄那个老土非要把在小厨没喝完的果汁带进西餐厅,被我很强硬地拦住了。我说咱咖啡比这个好些吧?他老兄居然很固执地说他爱喝这口儿,费半天口舌,总算劝他打消了自己很不上道儿的主张。

西餐厅,永远是那么魅力四射,班得瑞乐团的音乐轻风般拂过,这才是聊天的最佳语境。于是,白居易的长恨歌,西点军校的高才生,苑子里的活动,网友的马甲等都成了我们的话题。巴哥说起了黑城,说北元时期,该城被明朝军队攻占,明朝洪武五年(公元1372年)后逐渐废弃……这个时间,被王兄好一番认真询问,再次领教了王兄一丝不苟严谨缜密做学问的个性。

其实,我很想听听巴哥沿途见"色"起意的采风感想及其花絮趣闻,可未能如愿,都让王兄那个家伙的扳着手指头推算年代给搅黄了,遗憾死了。

一壶炭烧,一壶俄罗斯红茶,一个果盘,一次雅聚……

人已去,墨留香

尽管早就听说奎山兄的健康状况令人担忧,可我总是不信。

我急急地与人争辩,他哪像个身患重病的人?

去年金麻雀节,开幕那天,他穿件衬衫,白得晃眼,胸前斜斜装饰了一朵红色的康乃馨,和胖胖的老宗并排站在电梯口,气定神闲。

平时电梯间门口人来人往,唯独这天,所有的精彩全聚集在嵩山饭店的大堂里面,这里倒成了个相对静寂的角落。

我挤了过去,站在老宗和奎山兄中间。

祝贺你啊红酒,他一脸真诚地说。我诚惶诚恐,连连道谢,想不起来说别的。

其实,奎山兄已是第二次祝贺我了。头回是论坛上公布获得金麻雀奖人员名单的次日傍晚,那时我正在深圳机场,刚下飞机,头条短信就是奎山兄的祝贺短信,瞬间,一股暖意袭来。

很多时候,我都觉得自己应该划归到慢节奏或者说比较愚钝的那个人群中。得到奎山兄的真诚祝贺时,我居然忘了贺他的"小小说创作终身成就奖"。直到会议结束回到洛阳后,才短信给他了个诚心诚意的祝贺与致歉。他回了个长短信,说了

把自己站成一棵挺拔的树

自己的一些想法。看得出，他在这个荣誉面前，那种淡定和坦然，无人能及。

曾和树哥商量，邀几个好友前往确山探视，见到他，咱不说专程就说路过，和他静静地吃顿饭，再听听他那一口确山话，若他真的来日无多，心中也稍稍得到些许慰藉。

想是想了，说也说了，就是没有成行。昨日他病故的消息传来，震惊之余，心存遗憾。今儿在这里说与奎山兄听，心里好难过……

没去看他也好。岁月如刀，假如有一天我80岁了，满头白发，我记住的也是兄长晃眼的白衬衫，红艳艳的康乃馨，神采奕奕的精神头儿和他永远的笑脸。于是，释然。

我从书架上找到了奎山兄的《乡村传奇》，扉页上有他斜斜的字，日期落在2011年9月13日，他还说了句特别能彰显他性格的话。

他一直亲切地唤我老妹，所以我对那句直眉愣眼的赠言一点儿也不感到奇怪。奎山兄是个大秀才，他有着文人的傲骨，可那时，我还是在心里没轻没重地说了句：你个倔老头儿。

这会儿，捧着他的书，眼前一片模糊。

6年前，槐花飘香的季节，我在龙湖初识奎山兄，几天下来，居然没说过一句话。记得他在笔会上发了言，一口浓重的地方话，湘妹子刘绍英说："奎山老师说话真好听啊，可我一句没听懂。"

我能听懂，却记不清他都说了些啥。在我的记忆中，这是他唯一的一次发言。2009年小小说节，在酒店餐厅里，我拿个盘子正在众多的盛满各色菜肴的桌前徘徊时遇见了奎山兄，他满面笑容，高声召唤："红酒——"

我忙不迭地回应并问好。他接着又喊张玉玲。刚踏入小小说圈子的玉玲忙说："张老师好。"

这个小雨，一慌张，居然忘了奎山老师的姓。玉玲内疚得不得了，她觉得喊错了老师的姓是对人之大不敬。倒是奎山兄笑脸依然，毫不介意。

2010年汤泉池会议，又和奎山兄相逢，我说错了一句话（或者在他听来是错话），他虎着脸说我真想踢你呀红酒。我说反正我是你老妹，不怕你踢。其实，我也是嘴硬，心里多少有点儿小不安。后来给他传照片，他说我把他照好看了，他喜欢。然后又故作郑重地说我决定不踢你了。奎山兄自有他对人对事的方式方法，我当然能心领神会，忐忑之意一扫而光。

喜欢奎山老师的文章，他的行文特点归于一个字：静。无论他想说多大的事件，也从没一惊一乍地去描述。他总是像唠家常，不疾不缓地讲述着一个又一个动人心弦的故事。我喜欢这样的文章，举重若轻，浑然天成，大巧似拙，看似平铺直叙，实则暗藏玄机。华丽不在表面，就看人能不能产生共鸣而进一步去感悟、领悟人生的真谛。

或许，奎山兄早已参透人生，安心生死。否则，在他大病缠身时写不出《二重奏》。初读时曾在卧虎君博客上留言说过一些肤浅心得，再读已恍然。原来生与死，是生命的二重奏，映照的是他对待人生的一种超脱之心与凛然之态。

我一直有个心愿，很想跟奎山兄聊聊天，听他讲讲他自己的经历和故事，如今这个心愿难以实现，那个叫我老妹的人永远离去了，他在另一个世界里快乐地继续着他的《乡村传奇》……

斯人虽去，墨香永存，兄长一路走好！

会吹口哨的鸟

阿新告诉我说,他直接统帅着陆海空三军,我说你忽悠谁呀,不就是养龟养鸟养名犬吗,2条腿的管,4条腿的也管,家里会说话的加上不会说话的十几口子呗。他嘿嘿一笑,紧接着话茬说:"嗯嗯嗯回答正确,加10分。"

今儿得暇,只说去他家走走。一进门儿,狗抢在主人前迎接我,站起来齐肩高,唬人得很。不过我今儿不说它,改日再聊松狮豆豆的故事,咱先说鸟吧。

阿新家的鸟是只八哥。精致的鸟笼子挂在客厅,阿新说阳台上热,屋里有空调。我很配合地说对着呢,咱家空调就是给鸟配的,人凉快了那是捎带。

其实八哥长得不好看,黑乎乎的,如若不是那黄嘴巴显得生动些,就跟截儿焦炭差不多。阿新说你管它炭不炭的,会说话就成,来八哥,给你红酒阿姨问个好。那鸟一声不响,跟没听见似的。我说算了,白期待半天,让你家鸟儿歇着吧。于是,就和阿新一边品茗一边切磋五子棋。

这下五子棋的技艺我实在不敢胡诌,之所以知道些,是我们家有个自诩为围棋业余三段的棋手,没事老见他自己无比专注地打棋谱,有时就下个五子棋打扰一下,尽管屡战屡败,屡败屡战……

给阿新下五子棋我照样占不了先,说一败涂地狠了点儿,换个词好些——溃不成军。

突然一个尖厉的声音骤然响起,还没来得及问啥声音呢,又有口哨声连连传来,吹得很正点,还稍稍有点儿轻佻。我纳闷儿,忙问,谁吹的呀?阿新说不理它,八哥呗。我说你家八哥怎么跟个小流氓似的？哈哈，太搞笑了。原来八哥见没人理它，觉得失落，就一个劲儿吹口哨，以此抗议对它的不屑与冷落。

果然奏效。我觉得这八哥就是召唤我的，于是把棋子随意一拨，那阵势就乱了，反正这一盘我照样赢不了，趁势找个台阶下好了。那八哥见我来了，高兴得要死，一改深沉模样，上蹿下跳欢实得很，接连来了好几个后空翻，口哨声依然不断。

八哥这会儿整个一人来疯，不光空翻和吹口哨，恨不得把自己会的全抖搂出来，尖叫、模仿刹车声，还说洗手、吃饭、你好，连卖鸡蛋、卖煤都吆喝出来了，看得我目瞪口呆，阿新在一旁拦都拦不住。

天哪，这鸟成精了。

伴随一生唯有

从来就没有奢望着能在澳大利亚的悉尼、阿德莱德和墨尔本品评红酒。

可这一天却实实在在地来了。

无论是在悉尼乔治大街他的写字楼里，还是身处巴罗莎最著名的葡萄酒产区，或是在库娜瓦拉彼得·道格拉斯和雅拉山谷极负盛名的澳洲酿酒师多明里·布特的知名酒庄，我面对着赤霞珠、西拉红、苏威翁干白，等等。仿佛要把全澳洲所有著名的葡萄酒品尝个遍似的。

他说过，品澳洲葡萄酒时，若能品出澳大利亚的阳光和海风，那你就算是个品赏家了。

我不敢大话自己究竟是不是个品赏家，可我的的确确把悉

把自己站成一棵挺拔的树

尼那缕最绚丽最灿烂的阳光、最轻最柔的海风捕捉到并植于心底了。

其实,品赏出海风和阳光也就是个心情和感觉。只是,这份心情和感觉并非人人都能够准确地体会和拥有。

傍晚有雨,淅淅沥沥总不见停歇。一行人在家百年老店里用西餐,长条餐桌上并排一溜儿郁金香型红酒杯。我忍不住感慨:"杯中红酒的颜色不张扬,不热烈,不妖不媚,却很诗性很浪漫很能让人遐想无限对吗?"

他说:"是,还很暧昧。"

暧昧?我禁不住于摇曳红烛中反反复复仔仔细细端详着那酒。

观看良久,那红果然眩目、深情。倘若令人目眩且情深意长,那就基本等同于暧昧了吧。

品红酒是要看心情的。香港的张建雄本着"相交同好,以飨同馋"的宗旨,将自己多年畅游世界各地馋游心得之精要撰写为文,遂成馋游系列,其中有册《红酒心语》,把酒香酒气酒色酒龄酒乡酒名酒史甚至酒瓶酒塞酒刀都详尽编写入书。在这个加拿大约克大学 MBA 的笔下,红酒不再是单纯意义上的饮品了,而是一种文化。

我的名字也叫红酒,可离文化远了点儿。

有人问,怎么叫红酒?

其实"红酒"非酒,而是匹马的名字。

几年前,观看央视国际马术比赛直播时,一匹酒红色的马吸引了我。那马体态匀称,矫健漂亮,爆发力奇强,更绝的是它有个响亮不俗的名字——红酒。我喜欢莫名,至此心随马而去,牢牢记住了那匹马——红酒。

之后触网,兴趣蛮高,常做网上蜘蛛,因此结识了很多喜欢文字的朋友,也学着写点儿心情文章。朋友说取个名字吧,于是，我想都没想就说叫"红酒"！

初始，我在一家论坛上玩，不知为什么，老有朋友拿红酒说事儿，譬如《红酒情人心》、《沉醉的红酒》、《孤独的红酒杯》、《美人红酒》等，诗歌散文都有，优美得令人心动。

那些文章的作者，不会知道红酒原本是匹马的名字，更没一个人咏叹赛场上灵活矫健的骏马红酒，而是那真正的红酒太有诱惑力了，红红的液体催发了人的创作灵感。他们有感觉的，仅仅是那极富情调红得纯粹的饮品……

好友青铜是个诗人，知道这名字的来历，他写了首诗送我：

红酒，与色彩并无关系
她说：那是一匹马的名字，抉着火的影子
从一颗心穿过，留下火
她因此燃烧起来，牙齿咬住热烈的嘴唇
并且开始燃烧他人。她说：
"请跟我来，穿透夜色，抵达这里"
——许多种疼痛就这样苏醒过来。
她用咖啡煮出洁净的香味，挥一挥衣袖
送给路过的每一个人

就这样，无论是酒是马，似乎也变得不太重要了，而重要的是，大家记住"红酒"。

忽有一天，于茫茫人群中，与他擦肩而过，相视一笑的瞬间，我动了心思，彻彻底底把自己从"马"变成了酒。

做了红酒，就与红酒结缘了，看见红酒说到红酒就觉得无比亲切，尤其遇着朋友来访，我会说来点儿红酒好吗？有知情的，会心一笑说还是红酒好，一语双关，哄人开心。

据说红酒文化越来越被人看重，貌似我也与时俱进，极想

把自己站成一棵挺拔的树

了解红酒的方方面面。他投其所好,从国外带回两瓶送我,说是个葡萄庄园的庄主1992年亲手酿制的。想他大老远又飞机又轮渡的带回酒来已是不易,更何况还有一份朋友之谊蕴含其中。感激之余,我又耐着性子听他不厌其烦地讲了好多有关饮用红酒的"清规戒律"……

"伴随一生唯有,沉迷千日无过。恰如水土阳光,人世杯中真我。"据说这首诗是赞美红酒的,我却没在书上读过,是个叫作千雨荷的顽皮女子送我的。

我爱红酒,爱她不张扬的红,内敛的红,优雅的红,深情的红,激情的红。也想了:既然爱红酒,不妨做个如红酒般有魅力的女人,于是,我试着在做,不晓得成不成……

第 五 辑　**会开花的肩**

把自己站成一棵挺拔的树

花奶奶

花奶奶不姓花。婆家不姓花,娘家不姓花,可妞子非叫她花奶奶。妞子说,谁让她头上老戴朵红灿灿的花呢。

妞子说,花奶奶住的村子离城有800里吧?

小孩子家的话不能信,妞子说的800里就是很远很远的意思。

妞子就住在离这儿有800里远的城里。一放假,就被妈妈送回山里来了。

山里真好!有满坡的野花,黄色珠珠花,粉色打碗花,紫色铃铛花,还有花奶奶头上的红绒花。

花奶奶爱说爱笑会唱曲儿。

山里人说的唱曲儿不是咿咿呀呀的真唱,是念;曲儿也不是抑扬顿挫跌宕有致的调儿,是乡谣,一句一句合辙押韵。花奶奶唱曲儿唱得最好,妞子爱听。妞子说,花奶奶的声音脆脆的像炒豆子。

门前有棵木槿花树,花奶奶搂着妞子坐在树下,一阵清风掠过,那些花儿轻舒腰肢,摆动个不停。花奶奶眯眼望着满树的花朵,不知想些什么。妞子说,花奶奶,唱曲儿吧?花奶奶扯着妞子的羊角辫,脆脆地唱:"木槿花下有一家,姐妹三人会扎花。大姐扎的红牡丹,二姐会扎白菊花。剩下三姐没啥扎,搬起纺车纺棉花。线儿细细织成布,布上开满木槿花。"妞子说,我也要穿开满木槿花的大花袄!花奶奶就笑,笑得头上那朵红绒花颤颤巍巍就像树上被风抚摸过的木槿花一样。

很多时候,妞子缠磨着花奶奶,就坐在花奶奶家的那张雕花大木床上,看花奶奶飞针走线,扎花绣朵。累了,就倒在花奶奶怀里。花奶奶放下手里的活儿,揽过妞子,轻轻拍着唱着:

"妞子睡，妞子睡，奶奶去地掐麦穗。掐一篮，煮一锅，妞子吃了不撒泼……"妞子就在花奶奶唱的曲儿中酣然入睡。做了多少甜蜜的梦，妞子扳着嫩嫩的手指，数了又数，数不过来。

妞子眼中的花奶奶和隔墙的那些奶奶们不同，那些奶奶的头上没有红灿灿的花，那些奶奶家都有爷爷有叔叔姑姑。花奶奶家没有，什么都没，就她一个。

独个儿过日子的花奶奶一点儿都不愿闲着，针线筐里有永远也补不完的烂衣裳和破袜子。每逢这时，妞子就会安静地坐在旁边，两手托腮目不转睛地盯着花奶奶看。花奶奶不时地将针插入浓密乌黑的头发里篦一下、又篦一下，然后停下来，抿嘴一笑，从针线筐筐里摸出仨核桃俩杏递给妞子："小小青杏尝个鲜，二月果子涩巴酸，三月樱桃搁暑天，四月李子甜又酸，五月石榴圪塔塔，六月葡萄一串串。"妞子说，七月呢？花奶奶就说，想听就要等到下半年唱了。妞子乐得对准手中的杏猛咬一口，酸得眼睛鼻子皱成一团。于是，花奶奶就扑在膝盖上笑，笑得直不起腰，惊得木槿树上的花蝴蝶，急急忙忙扇动着翅膀溜走了。

有花奶奶为啥没花爷爷？这事儿一直困扰着妞子。

妞子在花奶奶那张雕花大木床上翻跟头，翻累了，就睡。隐隐约约听见有抽泣声，妞子翻个身，嘴里含糊不清地叫了声花奶奶，那抽泣声倏地没了。

太阳透过窗棂柔柔地洒进来，妞子把两个绣花枕头并排摆在床上玩过家家，嫩嫩的手轻轻地拍打着枕头娃娃，拍着拍着，惊讶地说，花奶奶，我的枕头娃娃哭了！那枕头足有半截都是湿的。

清澈的小溪从花奶奶家门前欢快地流过，打村东头洼地那儿敛声屏息汇集成一片宽阔的水面，偶尔会有一两只白色的大鸟单腿立在水中，尖尖的嘴巴不时地从水中寻食小鱼小虾，村

第五辑 会开花的肩

把自己站成一棵挺拔的树

里人把这个地方叫作东场。

花奶奶经常带着妞子来到东场，靠着棵老榆树，不笑也不唱曲儿，目光追逐着那些大鸟。妞子拉着花奶奶的胳膊激动不已地问那是啥？花奶奶一手拽着妞子的小辫儿一手刮着妞子的鼻尖儿说它叫长脖子老等。等啥？花奶奶的目光就黯淡了，伸手把头上的绒花取下，翻过来倒过去地看，幽幽轻叹一声，半响才说："绒花红桃花鲜，绒花四季戴发间。桃花杏花年年有，人老不能转少年……"花奶奶没说长脖子老等耐心地在水中站立是等鱼吃，爱唱曲儿的花奶奶一脸心事的模样。

一只小母鸡咯咯嗒咯咯嗒从后园溜达着出来了，花奶奶说小母鸡也会唱曲儿，咯咯哒，找婆家。妞子饶舌地问花奶奶的婆家在哪？花奶奶说傻女子，这儿就是我婆家。妞子又想起那个困扰她很久的话题，有花奶奶就一定会有花爷爷，花爷爷在哪？花奶奶不言语了。妞子越发糊涂，坐在大门口那颗核桃树下，双手支着下巴，呆呆地望着不远处那条小溪里一群鸭子在嬉戏，听着崖头上放牛郎嗒嗒咧咧的吆喝声，想啊想啊想得头疼……

六月葡萄一串串的季节，痴迷于文学创作的妞子带着她的《新编童痴一弄》和12朵红灿灿的绒花回到了离城有800里的山沟沟里。妞子最大的心愿是把这本新书送给花奶奶。花奶奶的曲儿是妞子人生中最早接触到的启蒙教育和文学样式。

柴门轻掩，院子里荒草有半人深。

妞子赶到东场，水面还是那个水面，却不见了老等的踪影。

花奶奶——妞子对着宽阔的水面大喊。

妞子打开那本书，书里收集了400多首乡谣。妞子说花奶奶，我给你老人家唱曲儿，你听好了：

绒花红桃花鲜，绒花四季戴发间。桃花杏花年年有，人老不能转少年……

妞子泪流满面。

会开花的肩

紫记儿是个人名,可听起来不像。

紫记儿出生那天细雨潇潇,有燕子在屋檐下飞进飞出忙碌地筑巢。

记儿的娘一脸倦意地倚在床头,苍白俊美的脸上却是笑意盈盈。她目不转睛地望着锦丝小被中裹着的粉团儿似的女儿。

娘把慈爱的目光落在女儿嫩嫩的肩上,那儿有紫红色的胎记顺肩洒下,像一朵朵滴血的梅花。长有梅花胎记的人不多,记儿的胎记在右肩。于是,紫记儿就成了女孩的名字。

桃花溪紧紧地依偎着凤台山蜿蜒向东,溪流岸边,青竹成林,密密匝匝的榆叶梅分驻碎石小道两旁。纵深处有几处院落,被浓绿覆盖,影影绰绰,时隐时现。

紧靠竹林的三间瓦房是记儿的表哥家,这会儿柴门半掩,几只鹅昂首振羽,追逐嬉戏。屋前有两株垂柳,一阵暖风袭来,枝条摇曳,树影婆娑。南厢房房门洞开,有一白衫少年伏在矮桌旁,正在一截翠竹上专注地刻着什么。

白衫少年名叫陆子方,他出身竹雕世家,自幼师从家学,深得真传且又有新创,尤其擅长花鸟鱼虫,巧夺天工。

陆子方年纪尚轻,性情不免顽劣。常和表妹紫记儿手拉手下水捕鱼捉蟹摸虾。累了,俩人就并排坐在溪流边,脚丫子一下一下击打着水流,一任鱼儿贴着光洁的小腿游来游去,也有调皮的鱼儿轻啄记儿白嫩嫩的脚趾头,直痒到心尖尖里。

紫记儿蓝花小褂,肩上的梅花胎记赫然入目,陆子方用手指沿着胎记边缘轻轻划画,说记儿妹妹有个会开花的肩。

少年陆子方回到家后,将摸到的黑鱼青虾放入缸中,一改顽

把自己站成一棵挺拔的树

劣模样，凝神屏气细细观察那些活物的姿态神韵，一看就是半晌。

看足看够后就到园子里砍些青竹回来，信手雕刻。长须青虾，红尾鲤鱼，仿佛无水也会游。铁头蟋蟀，碧绿蝈蝈，由不得人观看时得用手捂着，生怕有个闪失，虫儿就会蹦到草丛中去。那些花儿更奇，无论山谷幽兰还是艳丽桃花，竟有袭人馨香扑面而来。一霎时，鱼在游，虫在鸣，梅花有暗香，凤凰舞翩翩。

紫记儿在桃花溪水年年岁岁流响不断中出落成个绝色美人。表哥陆子方不光英俊洒脱一表人才，雕刻技艺更是日趋精湛天下无双。吃完定亲酒的那个午后，陆子方从怀中掏出个檀香木盒递给了记儿。打开来看，粉色盒衬上躺着一支碧绿的梅花发簪。

陆子方在这所望不到边的园子里，用精挑细选出来的翠竹雕刻了一支柔韧适度光泽温润可与翡翠媲美与众不同的梅花簪。

那支簪上雕刻了无数朵梅花，姿态各异，疏密有致。光洁的簪尾空出一段无花却有个精精巧巧的篆字款。从簪中起，一朵两朵三朵……初看好似随意飘洒，看着看着，花朵渐密，至簪头处，梅花已是堆云叠雪般的怒放了。簪头有花垂下，花蕊细如毫发，一朵套一朵如流苏般轻盈摇曳，像是要从梅树上不安分地一跃而下。

想不到小小一枚簪子，陆子方居然立雕镂雕浅浮雕，手法多样，精美绝伦。紫记儿爱不释手，巧笑倩兮，暖暖的眼神让陆子方心醉。他轻轻揽过记儿，将簪子斜斜地插在了记儿浓密的青丝间，在她耳边柔声说："来年开春儿迎娶记儿过门。"

紫记儿藏了那支梅花簪子，夜深人静时，对着菱花镜，纤指轻扬，把满头青丝倾下再盘起，竹簪微斜，簪头花朵一串串儿垂下，记儿扭动腰肢，宛如风摆杨柳，任那串串梅花温温柔柔地轻击着脸颊。记儿数着手指头算日子，开春儿，开春儿……

让紫记儿始料不及的是还没等到开春儿，陆子方就被召进了宫中。万历皇帝喜欢竹雕，尤其痴迷花鸟竹雕摆件，派出大臣明察暗访，有人推荐了陆子方。

陆子方并没被客客气气地请进宫，他手艺再高，也是个下贱的民间工匠，他被一条绳索拖着，跌跌撞撞地进了宫。从此关山万里不可越，高墙深院，空留两地苦相思。

开春儿了，草长莺飞，柳枝软垂，山溪春水又满，溪水中有花瓣打着旋儿犹犹豫豫地不肯前行。紫记儿悄立溪边，无奈落花流水断人肠，记儿泪飞如雨。

噩耗传来，有人自京城传信儿，说陆子方为万历帝的书房精心雕刻了一条龙，那龙形态不凡，腾空跃起，气象万千。却不知是有意还是无心，把自己的篆字款落在了龙口中。皇帝龙霆大怒，下令处死了陆子方。

万历皇帝并没就此罢休，他听说陆子方还有个绝色的未婚妻和一支天下无双的梅花簪，于是，下令宣紫记儿即刻进宫。

紫记儿被一群侍女拥着走出茅屋时，所有的人都被她憾世的美惊呆了，只见记儿艳装华服，环佩叮当，发髻高耸，碧绿的梅花簪赫然入目。记儿面向南岸含泪跪拜，那日，陆子方就是从这里被差人拖着，踏上了一条不归路。

突然，昼黑如夜，霹雳震天，狂风大作，雨急似箭，紫记儿不见了。惊慌失措的侍女指着竹林，颤声说，恍然间看见有条身影扑进了翠竹林。

所有的翠竹都被砍倒了，枝叶凌乱横七竖八。少顷，乌云褪尽，暴雨停歇，紫记儿依然不见踪影。劈开青竹，每棵空竹心内都映有一支或清晰或影绰的滴血的梅花簪图形，只能瞧，不能摸。摸了，有紫红顺着青竹一滴一滴淌下，桃花溪至此潋滟如血……

不知过了多少时日，溪水中常有一白色大鸟单足伫立，日夜鸣叫。

那鸟头顶有冠，酷似梅花。背上有片紫红，顺着一侧鸟翼

第五辑 会开花的肩

渐渐变淡。奇的是,鸟鸣声听起来像是一遍遍地召唤:"陆郎——陆郎——"

这只大鸟有个好听的名,叫紫记儿。

 古镇年画

相思古镇有多少年历史没人说得清,古镇人喜欢木版年画,也说不清从哪朝哪代开始。镇子上的老人们说,木版年画有多少年,咱古镇就存在了多少年。

据沈家的家谱记载,明朝末年,沈全的老祖宗们就已经在古镇上讨生活了。那时的沈家单门独户,苦苦守着木版年画这份手艺。许多年过去了,沈家老祖宗开枝散叶,自然人丁兴旺,能人辈出。木版年画到了沈全这辈儿,手艺越发精湛,且有了自己的名号"全成"。

沈全内向的近乎木讷,有人说他一天说不了3句话,沈全的媳妇儿连连摆手说不对不对他是3天说不了一句话。沈全不是不会说,是不说废话。他把该说的话该做的事该有的心眼儿都聚集在木版画里了。"全成"老店刻印出的秦琼敬德双门神,刘海戏金蟾,五子登科,三娘教子,抱花瓶,线条流畅,色彩炫丽,栩栩如生。沈全最拿手的绝活儿是自个儿设计、绘画、雕刻、套印的新版年画"大钟馗"。

传说开元年间,唐玄宗病中梦到终南山的钟馗为报高祖赐绿袍厚葬之恩,誓替大唐除尽妖魅,画家吴道子按玄宗梦中所见画了一幅《钟馗打鬼图》。自从有了这幅图,世人才知道了打鬼人的模样:蓬发虬髯,面目凶猛。绿袍在身,单臂袒露。

除妖降怪，神武盖世。所以，所有年画中的钟馗都是怒目圆瞪，面目可怖。

沈全是个爱动心思的精巧人，他根据坊间传说，仔细研究了钟馗的性格特点后，就把自己反锁在屋内，几天几夜过去了，沈全红着眼睛拿出了一幅与众不同的钟馗。

用朱红茄紫藤黄油绿套色印出的新版钟馗头戴长方鱼鳞盔，一左一右的帽翅像两个蘸满墨汁的羊毫。绿眉毛绿鼻子紫脸膛，四色虬髯，阔口大耳，两颗长长的獠牙，左手一卷书，上写大吉大利。右手执笔，落墨之处，有"大钟馗"的字样。

真是奇怪，钟馗打鬼没斩妖剑；眼睛不小却无凶猛之光。沈全的新版大钟馗面目威严不失清雅，不似凶猛捉鬼判官倒像点化劝诫之神。镇子上有人就说了，瞎胡闹，这叫什么大钟馗？抱着书拿杆笔，跟妖魔鬼怪说理去？

沈全自有沈全的道理，他说世人皆知钟馗的神武，可他毕竟也是个读书人，"因赴长安应武举不第，羞归故里，触殿前阶石而死"，可见他性子刚烈，把功名看得很重。话说回来，他若是武举得中，荣归故里，人间的妖魔鬼怪也就无人捉了。

古镇上最有权威的沈家老爷子发话了，他说："沈全不拘泥于传统人物的外部形态属于创新之作，他的大钟馗，有颠覆传统之意趣。若是静心观看，倒也气韵生动，清正神武，用意颇深哪。"

说来也怪，虽然"全成"字号的大钟馗面目温和，却受到不少人的认可和推崇。沈全也有头脑，想打造名牌，所以新版大钟馗一上架就价格不菲，销路出奇的好，渐渐地取代了凶狠可怖的钟馗老版年画。标有"全成"字号的大钟馗不光在国内热销，还远及法兰西英格兰美利坚。有个蓝眼睛黄头发的外国小伙儿来沈全店里进货，不叫沈老板，直接就把沈全叫成"大钟馗"了。沈全也不推辞，叫着叫着就叫响了。

把自己站成一棵挺拔的树

古镇上商铺林立，经营木刻年画的也占多数。沈全有个叔伯兄弟叫沈金，也经营着一家年画店，他眼热沈全的新版大钟馗，就动了歪主意，比葫芦画瓢也制成个大钟馗的新版，字号标上"金成"，抢先注册后倒回来状告"全成"侵权。

沈全接到传票后又惊又气，被人叫了许多年"大钟馗"，没想到这次却实实在在地被鬼打了。更让他伤心欲绝的是，这个鬼不是别人，是供奉同一个老祖宗的本家弟弟。

沈全像当初创作新版"大钟馗"时一样，把自己关在屋内苦思冥想了几天几夜，决定应下这场官司。不为别的，"大钟馗"不是徒有其名，他要替自己捉一次鬼。

真的假不了，假的真不了，件件确凿的证据，使得真假"大钟馗"一案水落石出，沈金抢注无效，沈全胜诉。新版大钟馗是属于沈全的专利，除了他，谁也不能据为己有。

尘埃落定，沈全却平静如水，做出了一个出乎大家意外的决定：他要把"大钟馗"底版上的"全成"字号去掉，古镇上的木版年画店谁愿意卖新版"大钟馗"，他都会亲手刻制底版，分文不取送给谁家。沈全还说，从今以后"大钟馗"不分字号，是咱相思古镇的"大钟馗"。年画这门手艺也不是属于咱自己的私人财产，到了法兰西英格兰美利坚了，人家老外能说这是"全成""金成"的？人家说这"大钟馗"是China——中国的！

沈全一气儿说出这些话后，古镇上的人都惊呆了，老少爷们儿全拍起了巴掌。沈金一言不发，转身走了。

两天后，沈金捧着一卷画轴来到沈全家，进了门，亲亲热热叫了声"哥"，接着打开了画轴。也是幅木刻年画，两个童子造型，笑态可掬，悠然自得，一人手持荷花，一人手捧圆盒，盒中有几只蝙蝠飞出。

沈全当然认得，这幅画有名儿，叫"和合二仙"。

有了和合二仙，"大钟馗"从此无鬼可打！

茹先生

相思古镇只有一个剪头理发的铺子，叫茹先生修面铺。

开修面铺的茹先生却是个女的。茹先生年近四十，少言寡语。瘦高挑个儿，白净脸，长得蛮清爽。在女人眼中，茹先生长得中规中矩，不妖不媚。茹先生本人的发型怎么看都像是三四十年代的明星，镇子上的女人只是在画上见过，眼热得不得了。

修面铺开在镇子东头古槐树旁边，门前是条清澈见底的小河，两边全用青石砌就，留有一级一级的台阶。镇子上人感到奇怪，理发不叫理发叫修面，茹先生不是先生居然还叫茹先生，搞不懂了。越是搞不懂就越想搞懂，相思古镇的人们没少费琢磨。

琢磨归琢磨，可不耽误上门来收拾头发。男人们对修面铺里可以转圈儿的皮椅子最感兴趣，坐上去软和和的，像躺在喧喧乎乎的棉花垛上。女人们三三两两地下河淘菜洗衣，茹先生修面铺的大门正好对着那台阶，女人们洗衣时也能忙中偷闲朝她那里瞄上几眼。

茹先生不苟言笑，只一句"侬来了"就缄口不语了，铺子里多热闹跟她没关系，她只是专心做活。若把手头的活计做停当了，就拿面镜子放人身后左照右看，客人没不满意的。这时，茹先生嘴角旁才会浮起一丝笑意，抖抖手中的围布，软软地说："下一个。"脸上的笑意便收回酒窝里了。

相思镇的爷们儿来剃光头，茹先生手中那把明光锃亮如月牙般的剃刀就有了灵气，上下翻飞极富节奏。茹先生剃头不像其他人那样搬着你的头摁来摆去，让人憋屈。她给人剃头时，或高或低都是调整自己的姿势，有时还半蹲着做活。头剃干净了接着刮脸，全套活做下来，不多不少九九八十一刀。有人专

把自己站成一棵挺拔的树

门数过，还说剃头这手艺看似"毫末技艺"，却是"头顶功夫"，茹先生手艺精湛，做活时不急不躁，颇有高手风范呢。

茹先生微微一笑，轻轻摇头，一句"谢谢侬"就再没话了。手下却不停歇，一条热毛巾捂住头，待头皮捂热，再用十指按压轻拍，那舒坦都沁到骨子缝儿里了。

茹先生给人剃头修面不论价钱，你随便给，钱也行，物也中。有一家子来理发，孩子就抱着只鸡过来。

镇上有个叫黑虎的，一脸络腮胡子，常常干些偷鸡摸狗拔蒜苗的勾当，换了钱就去喝酒赌博，谁拿他也没辙。黑虎也是茹先生修面铺的常客，拾掇完了拍拍屁股走人，从不付账。茹先生也不计较，照样认认真真地给他剃头刮脸。有人看不过，出来打抱不平。黑虎就耍横，说怎么着？剃个头算球啥。茹先生儒雅地摆摆手，说乡里乡亲，和气生财。

好像谁也没问过茹先生为什么一人生活，茹先生也从不讲自己的身世。有好事的主儿就去给茹先生做媒人，茹先生笑笑，摆摆手："不当真，不当真。"也有人说茹先生是见过大世面的人，在上海滩十里洋场混过码头。还说她家先生新中国成立前夕跑到台湾去了，她就投靠远房亲戚来到了相思镇。理发时有人搬出传闻来求证，茹先生还是淡然一笑，摆摆手："不当真，不当真。"

镇子上的古槐开花时，一场运动也闹腾得如火如荼，黑虎领一帮痞子孩儿胳臂上戴个红箍箍就成了风云人物，他们把茹先生的铺子砸了，说修面修的是修正主义的面子，说茹先生是大军阀的小老婆，挂着牌子游街，还给她剃了阴阳头。

白天游街，晚上，茹先生用蓝花布裹住头，照样给人剃头刮脸。

黑虎听说了，晚上也领人开茹先生的批斗会。筋疲力尽的茹先生在回家的路上不慎摔进沟里，双腿骨折，再也没能站起来。

黑虎他爹卧床两年，形容枯槁，发乱须结，三伏天撒手人寰，老人留下话说要把自己收拾干净再走。黑虎整天作怪不干好事，谁愿意上门来伺候个死人？黑虎他娘哭着骂黑虎，一家人手足无措。

门推开了，茹先生被人背着进了黑虎家。

茹先生开始给老人剃头刮脸。腿断了，不方便，她就让人把老人上半身抬起，放自己怀里理发。大热天，停放两天的老人已有了异味，茹先生全然不顾，聚精会神，剃头修面，不多不少还是九九八十一下，同样用热毛巾捂头，十指在头部摁压轻拍，一丝不苟。全套活做完，茹先生浑身上下像水浇了一般。

黑虎扑通跪在茹先生面前，把头磕得砰砰响。

送走了爹，黑虎负荆请罪，到茹先生屋里跪着哭着要学修面。茹先生一天不放话，黑虎就跪一天。第二天，黑虎接着跪……后来也说不清茹先生到底收了黑虎没，反正黑虎见天在茹先生身边伺候着，背着茹先生走家串巷给人剃头修面。

茹先生去世时，黑虎披麻戴孝，亲自为茹先生净面剪发。

黑虎的剃头铺子开张了，还叫：茹先生修面铺。

坏　王

大柱是远近闻名的坏王。

相思古镇上的人家盖房都会争着相请大柱，大柱脱的坯坚硬结实与众不同。别处盖房用青石砌根基，半人高时才擩坯垒墙。可用了大柱脱的坯，那些石料就省了，大柱的坯坚固得可与石料媲美。

镇东头花戏楼隔壁卖膏药的瘸子老三不屑地说，土坯是土

把自己站成一棵挺拔的树

坯，青石是青石，没听说过土坯能和青石一样结实。老三走起来总嫌路不平，一脚深一脚浅地来到大柱干活的地方，龇牙咧嘴憋了半响劲也没搬起一块儿坯来。大柱见状一笑，取过一块儿坯，高高地举过头顶，使劲一摔，硬土地面上便被砸出个大坑。再看那坯，完完整整，还不带掉皮儿裂缝。瘸子老三的眼睛瞪成了牛铃铛，只顾竖起大拇指比画，惊得半天说不出话来。

瘸子老三回过神儿后就把大柱叫成坯王了。坯王不是白叫的，坯王自有过人之处。大柱身高八尺，相貌堂堂，稳稳当当往那儿一站，就是托塔李天王，两个拳头亚赛油锤，脱坯不用杵子。大柱的坯模整整比普通坯模大一倍，一下能装 8 块儿坯，充满湿土坯后足有七八十斤。别人脱坯图省事就地取土，可大柱总是不厌其烦地起五更到离镇子 8 里远的李家坡起土，说那儿的土质黏度大且细腻。最为当紧的一道工序是和泥，放水浸泡，反复踩踏，直把那土捣鼓的像麦子粉一样的暄腾筋道才肯动手脱坯。

大柱将醒好的泥奋力摔打堆在一起，脱坯时，双手上前，卡满一捧泥，至模具前再忽地分开，左右开弓，把泥摔进坯模中，两只胳臂忽高忽低，上下翻飞，大拳头腾腾腾砸上 9 下，扎个马步，端起湿坯，往地下轻轻一磕，8 块坯分两行就晾那儿了。

清晨的太阳温柔到极致，即便是不眨眼地看它也不会刺伤眼睛。大柱扛着脱坯用的家伙什出现在杏儿家时，杏儿正站在窗户边那棵桃树下梳头，浓密的乌发瀑布般泻下，头顶上桃花夭夭，蜂飞蝶舞。阳光毫不吝啬地透过满树繁花，把杏儿的长发染成了七彩锦缎。大柱一阵眩晕，揉揉眼，定定神，才看清是个花一般的闺女。

杏儿这两条油光水滑的大辫子也不晓得让多少人惊羡。辫子长及腿弯处，乌黑发亮。一整天，大柱只闷头脱坯，衣裳甩在柴草堆上，贴身的那件白夏布褂被汗塌得精湿。他不敢再看杏儿，大柱的眼睛让这个长发妹结结实实地给弄伤了。

杏儿来续过几次茶水，每次，大柱听见杏儿细碎的脚步声，心里就像揣了100只兔子狂跳个不停。杏儿把辫子从胸前甩向身后时，辫梢扫着了大柱的胳臂，大柱一激灵，像过了电。

杏儿说，大柱哥，看你脱坯就像听张天辈说书，你手里也拿着月牙板呢。大柱手没停，脸红得像刚飞到矮墙头上那只小公鸡的冠。

坯王大柱在杏儿家脱坯，起早贪黑，一连干了半个月。杏儿她爹捋着山羊胡子，高兴地围着坯垛子转来转去，连声叫好。杏儿说，爹，是坯好，还是坯王大柱哥好？都好，都好。杏儿她爹一手拍着坯，一手端个红泥小壶朝嘴里倒水。杏儿说，那爹就把他招过来让他给咱家脱一辈子坯。杏儿她爹被茶水呛住了，咳了好大一阵子。

杏儿她爹总想把杏儿嫁个殷实人家。坯王虽说有门好手艺，可一个汗珠掉地下摔八瓣儿，终归是个泥腿子，不行不行，不能嫁他。

瘸子老三家有个儿子在城里开店专卖膏药，据说生意好得不得了。前些日子回来进药，在河边儿碰见杏儿了，回来就央请他爹上门提亲，说："我进城那年杏儿还是个黄毛丫头，咋一转脸就出落成个天仙了？那长辫子，我的天哪，迷死人了。"

杏儿她爹看着瘸子老三家送来的聘礼，高兴得在屋子里待不住，一会儿工夫，端着个茶壶在镇子上走了八个来回。杏儿恼了，说要嫁你嫁，我就看上大柱哥了！

杏儿她娘走得早，杏儿还有个哥哥，脑子不太灵光，就指望着杏儿的彩礼给傻哥哥娶媳妇呢。杏儿她爹比着葫芦说瓢，声泪俱下，好话说了一河滩，总算稳住了杏儿。

坯王自从认识杏儿，心里再也搁不下旁人了。坯王想，有了杏儿，这辈子算没白活。等忙过这阵子，就央人到杏儿家提亲，把娘留下的那支凤头金钗送给杏儿做聘礼。

第五辑 会开花的肩

把自己站成一棵挺拔的树

这天夜里，坯王大柱静静地躺在炕上，两手交叉枕在脑后，想着杏儿要是把辫子盘成发髻，再插上金钗和红绒花该是什么模样啊？忽听一阵急促的敲门声，大柱忙起身开门，杏儿跌跌撞撞地进来，抱住大柱就哭，坯王慌乱不堪。

上弦月，像美人盈盈含笑的嘴角。今夜，因了这弯月，星空没心没肺地乐成了一朵花，它对杏儿大柱的愁苦浑然不觉……杏儿离去时，把两条乌黑的发辫齐根铰下留给了坯王。

一所崭新的土坯房远离镇子，孤零零地立在南岸的柳树下，大柱从此不再帮人脱坯，整日待在坯屋里。有人在夜间见过他，一副失魂落魄的模样。问他，也不答话，只痴痴地望着远处。那里，有璀璨撩人的光，是城里的灯，杏儿住那儿。

来年八月，一场突如其来的洪水冲塌了不少房屋，可相思古镇南岸那座土坯房却完好无损。据说，大柱在脱坯时，把杏儿的青丝秀发剪碎搅和在土中，每一块儿土坯都散发着杏儿的气息。

如今，坯屋尚在，坯王不知去向……

花绣鞋

相思古镇上的花戏楼对过儿是九婆家，白墙黛瓦格外招人眼。精女工善刺绣的九婆名声更大，方圆左近都叫得响。

古镇上有点儿年纪的人，提起九婆嫁到这儿的那天，仍一惊一乍地发感慨，仿佛岁月没有走远。说书人张天辈捋着山羊胡，话说的更像鼓书词儿："你们不晓得九婆穿的嫁衣有多好，红绣衫拓金边又把云子扣，缠缠绕绕的万字不到头。8幅罗裙掐百褶本是云霞皱,还绣个狮子解带滚绣球⋯⋯"那红嫁衣一针一线可都是九婆自个儿绣的。

　　九婆没被人叫成九婆时就是远近闻名的绣娘了。刺绣针法繁杂纷多,她看一眼就会。更绝的是九婆不用央请画师描枝画叶,也从不用剪纸打样,那些寒梅幽兰修竹秋菊锦鲤彩蝶蜜蜂飞鸟犹如镌刻在心,合计好了直接飞针走线就是。绣出的喜帐门帘荷包香囊,抹胸围涎云肩罗裙,龙是龙凤是凤,花是花朵是朵,无论缠绕团花还是折枝牡丹无一不精。

　　女红刺绣精到的九婆有个心愿,生一群花一样美的女儿,把她们一个个调教成身怀绝技的绣娘。可想归想盼归盼,九婆自打养个弱弱的儿子后肚皮就再也没了动静。于是,九婆日夜盘算着将来有个细眉细眼十指尖尖的巧媳妇儿进门儿。

　　事情偏不按心中想,一塘红荷摇摇曳曳招蜂引蝶时,九婆那长得文弱的儿子,欢天喜地娶回个浓眉大眼粗手大脚的花媳妇。

　　九婆一百个不乐意,一看见儿媳妇那小擀杖似的手指心里就添堵,偏偏儿媳还叫巧儿。巧儿缺精细不缺力气,挑着满满一担水"腾腾腾"迈着大步进院,脸不红气不喘,腰一拧就把一桶水倒进缸里了。这边空桶刚放下,换只手就把另一桶水轻轻巧巧地抓住了。九婆绣着花不满地扫一眼巧儿,她嫌儿媳妇双腿叉得太开,跟镇子上那些粗鲁男人没两样。

　　黎明即起,洒扫庭除。巧儿自小背过《朱子家训》,嫁过来后不敢偷懒,无论酷夏还是寒冬,早早起身,打扫院落。古镇上的人见了九婆羡慕地说你家巧儿真勤快,一刻也不闲着。九婆心里很受用,嘴上却说:"她那叫扫地?东一下西一下跟猫盖屎一样。"

　　一日三餐后,巧儿高高地挽起衣袖,把碗筷收拾得叮当作响,洗净的碗碟摞起时从不按大小顺序,总把小碗放底下大碗搁顶上。九婆看到那一摞碗颤颤巍巍摇摇欲坠,就会惊得半张着嘴

把自己站成一棵挺拔的树

把手压在胸口上好一会儿缓不过劲儿。说了多少回，巧儿改不了。

九婆拉着巧儿在上房屋檐下坐定，拿一缕花丝线，小指一挑，分成许多股，取出绣花针，咬下线头，手一捻，对准针眼儿就纫上了，九婆说这是个最简单的活儿。可最简单的活儿巧儿也做不来，捏根绣花针像杵张大铁锨，九婆灰了心。

巧儿做不来精细活儿，洗洗涮涮还有田里的粗笨活儿却难不倒她，九婆心里对巧儿说不上喜欢还是讨厌。儿子在城里做工，十天半个月也难得回来一趟。幽静的小院里有了风风火火干活麻利的巧儿倒也显得生机盎然，日子过得就像九婆手中的绣品，花也颤枝也摇。

细心的九婆发现巧儿跟过去不一样了，先是挑不动水，清晨扫院时有气无力，洗碗时没大动静了，脸儿黄黄的，日渐消瘦。儿子闻讯赶回，心急火燎地带着巧儿进城瞧病去了。

小院儿一下子显得空寂清冷，九婆盘腿坐在炕上，从木格窗棂里看早起的阳光一寸一寸滑过青瓦房檐跌落在窗台上，九婆拿起绣花绷子却忘了该绣些什么，一不小心还扎破了手，起身吮吸着手指，心神不宁地斜倚着黑漆门朝东边瞧了又瞧。蜿蜿蜒蜒的路旁绿竹依依，那日，儿子和巧儿就是沿着这条青石小道进的城……

巧儿托人捎信儿回来，说真想跟娘学绣花，再难也不怕。学会了先给娘做双花绣鞋，让娘一辈子都能记住巧儿。九婆的头发一夜之间白了许多，她抖着手从炕头的朱红描金箱子底取出一卷水红布料，颠倒过来颠倒过去端详半天，小心翼翼裁剪出两双鞋样来，金丝线银丝线五彩丝线摆满一炕桌。

九婆仿佛要将八八六十四种刺绣针法尽数展示，齐针儿撒针儿戗针儿滚针儿套针儿，每种针法都非要绣出个不凡来：那滚针儿绣得不露针眼，密密实实针针相扣；平针儿竖平横平斜平，针脚均匀疏密有致；抽丝雕绣、挑花打子一点儿都不含糊。

清晨绣到天黑黑,晚上绣到夜深沉,九婆一门心思全在手中的绣活儿上……

九婆把两双绣鞋端端正正并排放在炕头上,望着西沉的月儿,长长地出了口气。

恍惚中,九婆来到一处从未到过的地方,四周全是竹林,密密匝匝像座城堡。有株梅树,半边裹雪半边墨黑,一群从未见过的人正从树下经过。九婆的目光追逐着一双花绣鞋,那红鞋满帮锦绣,长枝梅花新蕊初绽,如意云纹飘浮不定,鞋尖处莲盖翠绿荷花亭亭,蜻蜓穿梭粉蝶双飞,居然和九婆脚上的花绣鞋一模一样。巧儿?你是我的巧儿!九婆又惊又喜,紧追过去……

被自己的声音惊醒的九婆把两只花绣鞋紧紧地抱在怀中,老泪纵横。

一条叫噜噜的狗

我不喜欢饲养小动物,无意看了部叫《藏獒》的小说,忽然对藏獒有了感觉。

同学强子一听说我要养藏獒,拍着胸脯说:"我给你弄一只。"

几天后,强子咋咋呼呼地开着车来了,宝贝似的从竹篮里抱出一只毛茸茸的小狗,说:"也就是你,换别人我还真不舍得送它出去。知道吗,藏獒,名贵着哪。"

小狗有巴掌大,像个圆球,我叫它噜噜。说来也怪,两天后它就知道自己的名字了,这边一叫"噜噜",那边它就连滚带爬摇着尾巴忙不迭地来了,聪明!我把消息反馈给强子,他不足为奇地说:"藏獒,能不聪明吗?长大了能看管十头牦牛,

把自己站成一棵挺拔的树

敢和狼斗，比狼还智慧哪。"

有了这条小狗后我比以前忙了许多，谁让咱把噜噜也当人养呢？吃饭要先想着给噜噜喂饱，出门要先想着安排好噜噜，睡惯了懒觉的丈夫，大清早就被我哄起来带噜噜出去散步。儿子嫉妒了，时不时会酸溜溜地说上一句："噜噜跟你儿子一个待遇呢。"

有个风雨交加的夜晚，小东西不知吃错了啥，上吐下泻卧着不动，怎么叫都没反应。我急了，抓条毛巾被抱着它不顾一切地就跑出去了。丈夫在后面急叫："伞伞伞！"也跟着追出。我俩顶风冒雨跌跌撞撞地终于来到宠物医院门口，里面黑灯瞎火啥也看不清。

我瞪大500度的近视眼瞅了半天，才见一牌子上写着："看急诊请按铃。"匆忙按提示办了，半晌，对面楼才现出一人影，劈着嗓子问："干啥？"

"看病。"

"人影"说："上5楼。"

于是我们气喘吁吁爬到楼上，问诊、开药、打针、交钱，折腾到半夜。事后回想和那宠物大夫见面的情景跟地下党接头似的。

噜噜抱回来两个月时，有行家指点说得打防疫针。我连忙联系当医生的闺蜜，她说探亲在外，特委托她那曾在部队卫生室混过两天的老公带着针药来了。他很内行地消毒、注药，一针下去再松开时，噜噜不会走路了。

我心疼地在电话里冲闺蜜恨声说："如果我家噜噜从此瘸了，就把你老公的腿赔给它！我那是藏獒，比他的腿值钱。"

闺蜜在电话那端笑得上气不接下气，说："哪有给狗打针扎腿的，扎脖子呀大姐，真没文化。"好在，噜噜的腿瘸是暂时的。

噜噜日渐长大，一身黑白相间且油光发亮的长毛，很漂亮，站起来半人高，不爱叫却热情有加。家里来人，总是无比亲热地扑到人家身上示爱，往往把客人吓得魂飞魄散，站门口不敢移步。朋友带孩子来玩，那狗站起来比孩子都高，恐惧地拉着孩子落荒而逃。朋友咬着牙说："只要你还养狗，咱就不来往！"可她家的孩子从此有了壮胆的借口，经常在幼儿园里底气十足地吓唬其他小朋友："你们敢欺负我，我就让我红酒阿姨家的大猫咬你们！啊呜……"哈哈，大猫，听着跟景阳冈上的大虫有一拼。

噜噜具有不喜吠、热情的特征，怎么看都不像个藏獒。可只要人家问它是啥品种，我还是骄傲无比地说，藏獒。闺蜜听了，嘴撇得跟瓢似的，一脸不屑地说："哪有一上来乱舔别人脸的藏獒？一点威严都没。典型的土狗。"我那骄傲立马荡然无存。

有了噜噜家里就乱套了：客厅里贴的壁纸全撕剩下一半；刚买了半年的沙发让它蹦上蹿下露出了里面的海绵；所有的拖鞋全让它叼着甩来甩去弄得底帮分家，卖拖鞋的丫头可高兴，说姐我给你批发一箱吧？一箱50双，我晕。

有次下班回家，见噜噜大模大样卧在床上正饶有兴趣地咬着什么。见到我一改平时热情模样，"呲溜"一声极快地蹿下床躲在柜子后面。仔细一看，电视机的遥控器已成一堆碎末末。从此，我家的电视由遥控变成手动。

阔别多年的好友来访，看着屋子里一片狼藉，满目疮痍，心中不忍，背过身训我弟弟："也不想着帮帮你姐，有没有手足之情？再不管我对你不客气。"弟弟极尴尬地搓着手一脸委屈。原来好友把我当成帮扶对象、社会的弱势群体了。

漂泊海外的朋友带着新女友回洛宴请昔日同僚，一见面，听他那女友乡音盈耳，便生出几分好感来。席间不知怎么又聊到了狗，偏巧他女友也是爱犬一族，于是把朋友撂一边儿，以此为话题，除了聊狗还是聊狗，大有以狗会友相见恨晚之意。

把自己站成一棵挺拔的树

一桌菜没顾上吃，鱼更是没动。他女友说把鱼打包给噜噜吧？我那买单的朋友不知是备受冷落生怨还是心痛银子肝儿疼，恶狠狠地嚼着牙花子说："原来鱼是为狗点的！"

电视上播出某杂技团训小狗识字的节目，儿子突发奇想，伸出俩指头，开始不厌其烦地教噜噜算术，光是示范"1加1等于汪汪"也不知重复了多少遍。噜噜空前的深沉，死不吱声，时间长了突然不耐烦地"汪汪汪"一通胡叫，儿子摇头说错了，再来，无比耐心地训练到半夜仍无成效，只好愤愤作罢。

我总觉得噜噜身上少了些霸气，藏獒不该是这样。我开始检讨自己的饲养方法，觉得应该培养噜噜的野性。动物园里的老虎，被驯养得都没了虎威，何况一只娇生惯养的狗。我把噜噜引到郊外，放一只鸡让它俩对峙厮杀。噜噜开始还跃跃欲试，可马上就被鸡撵得四处躲藏了。没过几时，噜噜就和鸡黏糊得像亲兄妹似的，我没辙了。

我找到强子，说起噜噜的种种表现，怎么丝毫不见藏獒的威猛特征啊。强子摊开手说傻大姐呀，我到哪里去给你寻藏獒啊，不就是条狗嘛，养啥品种不是个养，喜欢就得了呗。

我又搬新家了，新居院内不许养狗，无奈只得忍痛将噜噜送给了弟弟的朋友。我说，告诉你朋友，我可是把噜噜当藏獒养的。弟弟善解人意，经常跑来向我报告噜噜的动态，什么噜噜交女友了、噜噜有儿子了等等。

直到有一天，弟弟沮丧地说："姐，噜噜丢了。"

"丢了？"我直着嗓子吆喝，"找去呀……"

再后来的一个深夜，电话铃声大作，弟弟兴奋地大声告诉我说有人在城西一带看见噜噜出没，身后带着一群狗。闻言心中稍安：还算不错，毕竟也混成丐帮老大了。

噜噜是条狗，是我养的第一条狗，也是最后一条。我发誓！

潮女莫晓丽

莫晓丽跟我同在一幢写字楼里上班，工作上没一点儿联系。啥时间开始老跟莫晓丽黏糊的，我记不得了。

莫晓丽从不会小声说话，那嗓门像夏日的蝉，高亢嘹亮。我羡慕地说她有这么一条好嗓子不学声乐可惜了。她一拍桌子就站起来了，说我会唱歌啊，我歌唱得老好了。我说，乐盲啊莫晓丽，你以为声乐跟唱歌一回事吗？那是专业与非专业的差别啊。

"我不管。"她眉毛一挑，说："有天和一群哥们儿去橙子拼歌，有仨麦霸都被我撂了，后来成我的个唱专场了你信不信？"信信信我信，莫晓丽是以嗓门大取胜，跟技巧无关呢。这话我没好意思说，我担心莫晓丽的自尊心受挫。

莫晓丽身材高挑，两只超大的耳环晃来晃去地跟她一样不安分。这还不算，沿耳郭密密麻麻还有一排耳饰。她可不像那些小女生，爱彰显个性还怕痛，专门买些貌似水钻的耳贴蒙事儿。莫晓丽玩儿真的，全是跑美容院打出来能透光的小洞洞，亮晶晶的钻一戴，我天，那俩耳朵就不是耳朵了，是极其璀璨撩人的星辰。我摸着莫晓丽的星辰耳朵吸着凉气说，这跟钉鞋一样，痛不痛啊乖？莫晓丽得意地一笑，不理我。

我和莫晓丽一样喜欢美甲，但我对色彩的偏爱绝对和她不一样，我喜欢淡粉淡紫淡蓝淡咖，若有若无的，像飘浮的云，像原野上轻轻过耳的风。莫晓丽不，莫晓丽整个儿跟我对着干，她动辄大红大绿，贴甲片，做黑色的光疗甲，留很长很长，一出手，跟女魔头梅超风有一拼。

莫晓丽花枝招展地来了，我说就冲你这充满戾气的九阴白骨爪也应该再给自己置办套行头，要潮就潮到极致。

第五辑 会开花的肩

把自己站成一棵挺拔的树

莫晓丽屁股一歪就坐我写字台上了。我赶紧把一脸不情愿的莫晓丽请到门外，将我的创意毫无保留地讲给她听。莫晓丽兴奋地像吃了激素，痞子似的打个响指，嚣张地转身，风风火火离去。

我邀请外地来的朋友到莱茵河咖啡屋小坐。一壶意大利特浓咖啡还没来得及倒进杯子，莫晓丽像个未来战士似的站面前了，皮裙包臀，褐色皮夹克上古铜色的拉链儿到处都是。过膝的软皮靴，鞋跟儿足足有6厘米高，也不知道莫晓丽这丫头走起来累不累。还装备了一副价格不菲的Marc Jacobs品牌太阳镜，高高地架在头顶，像只大眼睛蜻蜓。

莫晓丽果然依我的创意行事，居然跑这儿显摆。我乐歪了，我说："一个字，潮！两个字，忒潮！"她说："3个字呢？"我说："潮到天上！"她就很放肆地笑，旁若无人。我赶紧起身粗暴地捂住了莫晓丽涂着紫黑色唇膏的嘴巴，使劲把她按在沙发上。我那见面熟的朋友压根儿没想到能遇到个辣女孩，一句话也插不上，目瞪口呆，让莫晓丽彻底给震了。

四月天，花开得恣意，莫晓丽那一身未来战士装束跟赁人家的一样，死活下不了身儿。我说莫晓丽你整天老虎下山一张皮，烦不烦呀？她把那大圆耳环晃了三晃，后退了几步，跟不认识我似的上下打量了好一阵子，也不说话，空前的深沉。我担心今儿的装束哪里出错了，看前看后看左看右，心里直发毛。

莫晓丽抬手给了我一下，说干吗呀你，我觉得你这职业装蛮好的，很白领很淑女。我第一次听莫晓丽夸我，于是有点儿飘，赶紧对着写字间的玻璃门，超级自恋地端详了半天。半天过后，才想起未来战士莫晓丽来，仔细一瞅，未来战士早已不见踪影。

有份计划书急着要，时间在我看来成个毛线团儿了，扯一下，是线，再扯，还是线，全一个颜色，弄得我白天不知夜的黑，晕头转向。偏偏莫晓丽还一个电话连一个电话约我喝茶呀吃饭呀逛街呀，我哪有心情呀我！好容易把计划书交上去了，走出写字楼的那一刻，有重见天日之感。

眼前轻轻飘过一淑女，身着黑色底细白长条滕氏休闲西装，白衬衫衣领竖起后加了条浅紫与亮蓝相间的丝巾，雅致中带有几分书卷味。我天，是莫晓丽！

莫晓丽！我大声叫着，扑了过去。

这是我调任之前最后一次见到莫晓丽，一个戴珍珠耳钉，本色指甲上雕粉色小花貌似淑女的莫晓丽。

后来我去总部发展，与莫晓丽通过几次电话，她说她也离开了那座楼，买了车跑出租，还说车轮子一响，黄金万两。她说这话怎么听怎么不顺，换成夹皮沟的猎户说还差不多。莫晓丽说我复制我老爸的话呢，我老爸以前演过《智取威虎山》里的李勇奇。

或许一门心思全在车轮子一响黄金万两上了，莫晓丽就此蒸发。

这天午后，暖暖的阳光有些刺眼，我起身拉上了窗帘，顺手打开了电视。城东，电视台的女主播在现场激动不已地说本市一位的姐面对歹徒，毫无惧色，徒手夺刃，逼那歹徒连声求饶，束手就擒。旁边是那倒霉蛋儿，垂头丧气地蹲在俩警察中间。画面一转，我惊呆了，莫晓丽捂着滴血的右手，女魔头似的黑色长指甲赫然入目，高亢嘹亮的嗓音显然又升高了几度："邪不压正，想和我斗？门儿都没！"

画面中的莫晓丽皮裙包臀，褐色皮夹克上古铜色的拉链儿到处都是。过膝的软皮靴子，6厘米高的鞋跟儿，一副"Marc Jacobs"太阳镜高高地架在头顶，像只大眼睛蜻蜓。

对了，后来我问过莫晓丽，你那"Marc Jacobs"太阳镜是高仿的吧？

莫晓丽狡黠一笑，不理我。

莫晓丽的太阳镜不叫太阳镜叫道具，她过于重视太阳镜

第五辑　会开花的肩

把自己站成一棵挺拔的树

的装饰性,至于实用性,莫晓丽一点儿也不在乎。那副"Marc Jacobs"太阳镜不是高高地架在头顶,就是折起来挂在低低的领口,从来没过见她把太阳镜放在太阳镜应该待的地方。

我问莫晓丽,那天咋回事?怎么突然间你就成英雄了?

莫晓丽大大咧咧地一摆手,说,我把车停在伊丽莎白酒店旁,那男人拉开车门就坐我旁边了,说是要去大世界找人。大世界是个商业区,在城西,远了点儿。我知道一条近路,可以避开几个红灯,于是就抄近路往大世界赶。一路上,那男人也不吱声,走到一处僻静的路上时,那男人突然掏出把刀对着我,说把钱拿出来。我说我没钱,他不信,那把刀在我脸前胡比画。吓唬谁呀?我一踩刹车,车"刷"就停了,趁他身子一歪,我一把抓住那刀,死不松手。他也惊呆了,拉开车门就跑。就这样,他在前面跑,我在后边追,正好有巡逻车路过,他就跑不掉了呗。

我说就你那么高的鞋跟儿也能跑?她说你不老说我是未来战士吗,我岂能浪得虚名?我轻轻地抓起莫晓丽的右手,抚着那道长长的伤疤,说你傻呀莫晓丽,要钱不要命,这一下你的个人英雄主义风格可就发扬光大了。

莫晓丽说多亏了那俩警察,要不,他就跑掉了,指不定又去祸害谁呢。莫晓丽说得很认真,我从来就没见她这样子说过话。我觉得莫晓丽变了。

从那次夺刀事件过后,我和莫晓丽又回到了从前,有事没事老黏糊在一起。

我给莫晓丽说我喜欢上海故事了。莫晓丽瞪大眼睛说上海故事是什么故事?

上海故事是家咖啡屋呀。

这家咖啡屋有个浪漫到骨子里的老板娘,小麦色的皮肤,像章子怡那样。不及腰际的酒红色卷曲长发,略带神秘气息,撩人遐想,如红烛般醉人。长长的指甲涂着红蔻丹,很怀旧的

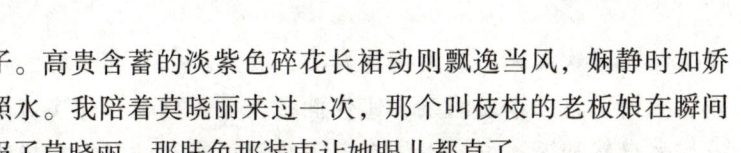

样子。高贵含蓄的淡紫色碎花长裙动则飘逸当风，娴静时如娇花照水。我陪着莫晓丽来过一次，那个叫枝枝的老板娘在瞬间征服了莫晓丽，那肤色那装束让她眼儿都直了。

莫晓丽说她不做未来战士了，一定要照着枝枝的样子打造自己。第一步先要改变自己的肤色，说白皙的皮肤看起来不健康。我不同意，我说不是不健康，是不流行吧？这个莫晓丽，满脑袋稀奇古怪的想法，典型的追风一族。

河的南岸柳树成荫，风景独好，莫晓丽家就在这里。

我按了门铃，莫晓丽在门后探出半个脑袋说，你一人吧？我说不一人还能有一火车人？莫晓丽就把门打开了，天，吓我一跳，她浑身上下就有个丁字裤，跟全裸没两样。

我说："要死呀你！"莫晓丽抓起条玫红色浴巾裹在身上，满不在乎地说："我正日光浴呢。""在哪？""阳台上。"

莫晓丽家的阳台是悬在外面的那种，除了一棵高大的滴水观音外再没别的花了，对面倒是有一栋楼房，间距不远。我吃惊地说："莫晓丽，你胆子忒太大了点儿，你不怕对面楼有变态男劫色呀？"

正说着，电话响了，莫晓丽慵懒地抓起电话："谁呀？"

物业公司打来的，说是对面楼的业主投诉有人裸着身子在阳台上晒太阳，太流氓了。莫晓丽把浴巾一甩，大声对着话筒喊，有没有搞错呀你们，这是我家，我家知道吗？我有我的自由，又没跑大街上裸奔，没事使劲朝我们家看啥呢，到底谁流氓？管得也太宽了。然后就把电话给摔了。

"姑奶奶，这就是你的不是了，小麦色的皮肤也不是这样晒成的，再说对面那么多住家户，你春光乍泄的，未成年的孩子看见不好，让色狼看见就更不是啥好事了，也不动脑子想想。"

"好了好了，日光浴都不懂，还流氓流氓的，菜农一个。"

我说："莫晓丽，很早以前我读过一篇文章，有个风华绝代的女人喜欢裸晒,被人视为异类,我还不信。那么好的身子躺在摇椅上,一本瑞丽杂志遮住面孔,蓝天白云,蝶飞蜂舞,虽与大自然和谐,可挡不住有多少热辣目光在她身上扫描呀。我以为是作家们编派出的故事,没想到这样的事还发生在我身边,晕了。你莫晓丽不是故事整个儿一纪实文学呀,服了你了。"

后来,我真把莫晓丽的故事写成了小说,有读者问我,莫晓丽的皮肤变成小麦色了吗?我学着莫晓丽的样子狡黠一笑,没理他们。

我想,对于莫晓丽,这怎么会是主要的!

张三的故事

一

张三上了当地最有影响的报纸。

张三不光上了报纸,还配发了照片。

照片上的张三咧着嘴,哭笑难分。

有认识张三的人,很不严肃地一手拿着报纸,一手点着张三的照片说:"这货,咋突然成了英雄?"

张三迷上武功有些时日了,不晓得练的是啥把式,把自己捯饬的特别像个练家子,黑绸灯笼裤,白色上衣,胸前一排蜈蚣扣,青布鞋小圆口,光头锃亮。见了街坊,一抱拳,朗声说:"吃没?"

街坊们觉得可笑，纷纷打听张三的师父是谁。有人神神秘秘地说见过，是五台山的道士，两道白眉，三缕长髯，身轻如燕，武功了得，最拿手的绝活儿是隔山打牛，看谁不顺眼，这边一出手，隔两道沟那人就躺下不动了。还有人说，啥道士，才不是呢，是个胖大和尚，少林寺的，面皮红润，下巴光光，比娘们儿的皮肤还好，从小练的童子功，十八套招式烂熟于胸，"铁牛耕地""龙盘玉柱""鹞子入林"，这几招一旦使出，就算是腹背受敌又能怎样？早叫人哭爹叫娘满地找牙去了。

至于张三的师父姓谁名谁五台山少林寺搁哪儿都不重要，重要的是张三见了人照样一抱拳，照样朗声说道："吃没？"民以食为天，即便是看破红尘归隐山林的出家人又能怎么？道士和尚还能不吃不喝呀。因此，街坊邻居也就见怪不怪了，一任习武之人张三经常性地抱拳施礼，张嘴就问"吃没"，根本不管是不是真的到了饭点儿。

张三的"连襟"是个大学毕业生，在一家公司做秘书，文绉绉的，嘴也甜，甚得老丈人的欢心。年初二，按风俗张三和连襟两家人一早就回老丈人家拜年。

张三的老丈人退休前在酒店做大厨，烧几个菜跟玩儿似的，时候不大一桌子菜就算是齐活了，全家大人孩子对着老爷子做的菜肴赞不绝口。一家人不拘礼，张三挥舞筷子，频率颇快，只嚷着好吃好吃。

连襟双手捧杯起身说，爸你辛苦了，我和二妞祝你老人家健康长寿，福如东海。

老头儿满脸是笑，痛痛快快一饮而尽。

张三慌忙拉着大妞也把满满一杯酒举到老丈人面前，大大咧咧地说："老丈人这手做菜的绝活儿无人能比。"

论说这话没错，张三也是发自内心之语。可老头不接酒，拉着脸，一脑门子官司。张三张张嘴，有一点不知所措。

第五辑 会开花的肩

把自己站成一棵挺拔的树

老头儿有老头儿的道理，老二女婿一声"爸"透着尊重。你张三呢，张口老丈人长老丈人短的，背地里你说"老丈人"也就罢了，当着面再这么叫，就透着"打瓜皮"了，难道我这老泰山在你张三眼里就这么不算根葱？

张三讪讪坐着，浑身不自在。看丈人跟老二女婿推杯换盏亲得不像翁婿像父子，心里就窝火，找了个由头把连襟叫出去了。

不想刚一出门，一头碰到廊檐下的明柱上，额头上"呜"地鼓起个大疙瘩。张三顿时眼冒金星。连襟赶紧上前察看，却被张三一巴掌推出去老远。然后，张三猛地转身，双手抱拳施礼（这回没说"吃没"，合着也是刚吃完），紧接着腰一拧，双手一使劲从地上抠出块儿青砖，说时迟那时快，"啪"一声，连襟吓得不敢睁眼。

不过，张三没把青砖拍向连襟，他手起砖断，动作迅疾。

连襟整日在大公司做事，所有的能耐就集中在笔头上，以笔做刀枪写些讨伐檄文是强项，张三耍的这一套他压根儿见都没见过，于是不敢恋战，撒腿就跑，转眼不见踪影。

望着跑得比兔子都快的连襟，张三得意极了，又回到房内继续大口喝酒大块吃肉，没事儿人一样，根本不顾脸气得铁青的老泰山。

都老女婿了，张三会顾及丈人的情绪？才不呢。不过，看到这里，你们千万别把张三不当孝子来看，他也就是说话糙些，礼数欠些，平时张三对老丈人嘘寒问暖，体贴入微。有一年张三的老丈人中煤毒，要不是张三发现及时，老头儿怕是早没命了。常言说，一个女婿半个儿，张三当之无愧，能顶半个儿使。

后来，电视上有个张三的专访，街坊四邻们早早就张罗着把电视搬到巷子里那棵高高的古槐下，等着观看张三上了电视究竟是个啥样。

成为英雄的事迹没一点儿新意。原来，那天张三下夜班时路过个啤酒摊儿。张三每天下班都会路过那个啤酒摊儿。每天都路过，每天都正常的不能再正常了，这就是张三没有及早成为英雄的原因。可是，你保不准张三在别处也有成为英雄的可能吧——大家伙边看电视边七嘴八舌发表议论。

别争了，还说这天晚上吧。俩痞子孩儿正在拼酒，一人一瓶对吹，那酒跟不要钱似的。一个长发女孩路过，俩孩子就由斗酒改为调笑了。其中一个抓住女孩不放，举着酒瓶使劲朝人家嘴里灌。卖啤酒的是个中年男人，看不下去了，就好言相劝，俩熊孩子不听，把啤酒摊砸了个稀巴烂。张三正好走到，上前阻拦，那俩痞子骂骂咧咧不肯罢手，其中一个还掏出把水果刀冲张三舞舞扎扎地比画。张三一闪身，腰一拧，双手一使劲，从地下抠起块儿砖来，"啪"一声，青砖齐崭崭地断成了两截儿。拿刀那小子吓得目瞪口呆，另外那个撒腿想跑，被围观的人死死扭住，动弹不得。

电视中的张三摆着手说自己不是英雄，压根儿也没想着当英雄，谁遇见这事儿也会出手的，说着说着，站起身，一抱拳，说——吃没？

等等，这"吃没"可不是电视里的张三说的，是那些老街坊们替人家说的。

电视里的张三起身抱拳说的是啥？全让街坊们的哄笑声盖住了。要想知道，问英雄张三去呀。

二

其实，在遇到那个老总之前，很多人说张三是英雄。

英雄应该有英雄的范儿，张三一点儿也不像英雄，黑瘦，虽说个头儿不低，却离伟岸、高大差十万八千里。

把自己站成一棵挺拔的树

当然,英雄也没有固定的模样,譬如像雷锋叔叔那样的笑容吧,透着亲切、随和,一看就像是全国劳动人民的儿子。

张三脸黑。脸黑就脸黑,你长个笑模样也好呀。

张三的老舅说,算了,生就的骨头长就的肉,起小这孩子就是个冷脸子,拿糖豆哄他都换不来一个笑呢,典型的胎里带。张三媳妇儿反驳老舅,张三生就的酷,像《追捕》里的杜丘,那高仓健不是也不会笑嘛。

说的也是实情,高仓健还不如张三呢,谁见过高仓健会武功?

街坊四邻闲来无事,也会冲着张三起哄,想试试他有多大能耐。张三也不客气,叫人寻来两块砖,一块儿平放,另一块儿竖着支在平放的砖上,然后扭脖子甩手,依次转动脚腕和膝关节,再扎个马步,双臂向前,使出剑指,瞪眼噘嘴,好一阵子运气。就在大家伙的耐心达到极限时,张三一声断喝,右脚重重地向那块儿被支起的青砖跺去……

所有人的眼睛都瞪得赛过牛铃铛,那砖却完好无损。

张三抓起砖仔仔细细看过,说了声:"真缺德,谁找的琉璃砖?"连问几声,无人应,张三手一扬,就把琉璃砖给扔到渠沟儿里了。

"嘘——"哄笑声四方响起。再看张三,一瘸一拐地撤离了。有好事者追上询问:"三哥,自伤了?"张三眼一瞪,说:"气运到腿上,没找到爆发点,憋得难受。"

张三爱抽烟,14岁开抽,至今算来已有30年烟龄了。媳妇儿担心他抽烟太凶,跟他大发脾气,说张三要是不戒烟就住在娘家不回来。住就住呗,张三天天泡面硬是坚持了20多天。最后还是大妞实在是绷不住劲儿,自己怎么走,自己就怎么回来了。一进家门儿,见张三还在埋头吃康师傅,一把夺过就扔进垃圾斗里了:"死鬼,你连句'我要断烟'的话都不舍得说?""对了,我一说,吃多大亏呢,咱是先断气后断烟,你瞅着吧。"

张三伸出大巴掌在大妞头上胡乱揉两下没正经地说。

张三爱喝酒，酒量一般，三两打底，四两封顶。酒桌上经常会遇到有人端着满满一杯酒故意摇晃，杯中酒左洒一点右洒一点，这时张三会立马起身好心好意扶住那人的杯子，实诚得近似于缺心眼儿。人家把杯中酒当砒霜似的看着呲呲磨磨推着不喝，张三总会施以援手，大义凛然地说："我替你喝！"边说边夺过酒杯，一扬脖子，"咕咚"一声，喉结上下晃动两下，"砒霜"就入肚了。也不知道张三真要是面对砒霜时把砒霜还当不当成砒霜。

谁也别误会，张三这举动可跟贪杯扯不上边儿。就这样，豪爽的张三即便是喝得找不着家门儿，挨媳妇儿臭骂，照样乐此不疲。

说了半天，似乎是在举证或者说强调张三不像是个英雄。张三就是这么一个跟英雄八竿子也打不着的人，人家张三自己也说："咱身上可多毛病，真跟英雄靠不上边儿。"

终于有一天，还真有个人没把张三当成英雄，他很江湖地把张三尊称为好汉。

张三单位的领导要宴请合作方的老总，既然是合作方，就得把人家招待好。不过菜是菜酒是酒，吃多少菜无所谓，关键是把酒劝进对方肚子才算事儿。那南方老总显然不适应古城人的待客习惯，几大杯杜康下去，一张白脸就成了酱红色。就在对方老总招架不住时，张三挺身而出，抢过老总的杯子，说我替你喝！一大杯酒瞬间空了。单位同事目瞪口呆，真是半路杀出个程咬金，你张三究竟属于哪路方面军呀？

对方老总竖着大拇指说张三是条好汉，危难之中见真情，张三高兴了。这些天老听人英雄长英雄短的，不想听也没办法，总不能捂人家嘴吧？再说捂一个嘴容易，捂100个人嘴容易吗？不容易！这会儿听人家开口闭口叫自己好汉，习武之人张三乐

第五辑 会开花的肩

把自己站成一棵挺拔的树

不可支。这一高兴不当紧,好汉张三一晚上就是对方老总的酒缸,站着进去躺着出来了。

单刀赴会的对方老总痛痛快快把协议签了,还说走南闯北,没见过像张三这么豪爽义气的汉子,真是相见恨晚呀。这事儿,似乎有点儿歪打正着。

最近,好汉张三不知遇上啥烦心事儿了,巷子里总也不见他的身影。

巷子里若是没了张三抱拳施礼的身影,大伙儿觉得这日子过得忒乏味。

有人悄悄地说张三的儿子犯事儿进去了,是被张三扭着亲自送到局子里去的。

没错,张三在儿子房中发现了几台来路不明的电脑,从被窝里把孩子拽了起来,厉声询问。原来是孩子的同学暂存在这里的。联想到前些天刚刚报道一家电脑公司被盗的消息,张三出了一身冷汗。

英雄也好,好汉也罢,张三也算是个人物。如今儿子摊上这事儿,让张三脸上怎么过得去?媳妇儿大妞说张三闷在家里抽了足足有两条烟,把屋子里弄得黑毷狼烟熏獾似的。

过了些天,张三摇摇晃晃胡子拉碴地出现在巷子里,老街坊们也见不得张三这样,纷纷围上去说些宽心的话。

张三一抱拳,说我没管教好孩子,给老街坊们丢人了。

因了张三,盗窃案成功侦破,虽说儿子意气用事受了牵连,可谁又能说张三在对待这件事上不是条好汉呢?

三

好汉张三头上勒条儿白布，边给周围的人上烟边说，咱今儿要去的地方真不是啥好地方，可还不能不去。这人哪，死活都得进那道门，活的进去会自己走出来，死的能囫囵个儿进，出来就化成灰变成烟了。还有咱今儿走的这道儿，老少爷们儿坐车也别抱怨蹾的慌，黑天白日风里雨里死的活的车来人往，能好到哪儿去？事儿办完了，张三我给大家磕头称谢啊。

张三身后还有一帮掂唢呐敲梆子拿笙的人，有男有女，怪齐整的一个响器班子。光头班主接过张三递过来的酒和烟说这活儿一定做好，咱得得劲劲地伺候着老爷子，风风光光地打发他老人家上路，张哥你尽可放心。

张三今儿要给他爹发丧。

这张三在他爹眼里不能算是孝子。他爹活着时，隔三岔五地找张三的老舅告状，一张嘴，张三就不叫张三了，张三叫龟孙。

张三存心跟他爹斗气，说我不姓龟，你要真想叫，不是不行，爹你得先把姓改了。要不，咱今儿后晌就去派出所改吧？

派出所那地方不好随便去的，张三他爹立马蔫了。

"恁娘死得早啊……"张三他爹经常把手放在膝盖上一下一下拍着说。张三问："俺娘死时你不在跟前儿去哪了？"他爹眼瞅着房梁，用了足有一袋烟的工夫也没想起来，末了说记不清了。

"爹你不是记性不好，是愧对俺娘。"张三那时还小，娘患急症咽气那会儿，他爹正跟人搓麻。张三哭着跑去喊他，他爹变脸失色"腾"一下站起来拉起张三就跑。跑了几步，又折回来，说王五你记着欠我一个暗杠钱啊。张三长大后，每次回

把自己站成一棵挺拔的树

想起来都伤心落泪，忍不住数落他爹："在你眼里，麻将牌比俺娘亲。你是我爹，我不能下手。换作别人，早收拾他了。"张三他爹听了，手足无措，一脸愧疚。

春暖花开的季节，虫呀鸟儿都活泛起来，张三他爹在家自然也待不住，不是去王五家搓麻就是在李四家斗牌，饭都顾不上吃，比张三上班都忙。天麻麻亮出去，半夜三更回。若是老爷子哼着梆子戏进门儿，那是手气好赢钱了。若是黑着脸把鸡子踢得飞上墙花狗夹着尾巴乱窜，一准儿是给谁拉赞助献爱心了。

张三他爹看着饭桌上的馍菜汤，慢条斯理开了腔："都说李四家的老三孩子缺心眼儿，我看石磙那孩子够数，知道把炸酱面送到牌桌上。李四那老家伙一碗面条刚下肚就摸了个'炸弹'。怪不得人家都说，赢家怕吃饭，输家怕断电。咱家孩子心眼儿足，咋不知道给他老子送碗饭倒倒手气哩。"

要不是媳妇儿使劲拉着张三不让接话，张三怕是早就撸起袖子跟他老子干上了。

眼瞅着老爹天天不搁家一门心思赌，谁劝都不管用。张三窝家里小半天想出了个法子。那天，张三起个大早，隔着木窗棂说爹，马金凤去俺姐家村儿唱穆桂英挂帅，俺姐夫问你去不去看戏。

"去去去，谁说不去！"张三他爹不光痴迷搓麻，还是豫剧名家马金凤的老粉丝。

于是张三进屋抱床褥子平铺在架子车上，伺候老爹坐好，就朝姐家去了。

姐的婆家在杨庄，离这儿不算远，出门照直走，上俩坡，拐仨弯儿，再笔直前行个二三里就到了。张三他爹坐在架子车上，看着野外返青的麦苗，心里有说不出的舒坦。别看这龟孙孩子平日老跟自己戗茬，这回还怪孝顺。老头儿越想越高兴，忍不住捏着嗓子唱起《穆桂英挂帅》来了：

辕门外那三声炮如同雷震
天波府里走出来我保国臣
头戴金冠压双鬓
当年的铁甲我又披上了身
帅字旗飘如云
斗大的穆字震乾坤

……哎三儿,这哪呀这?

斗大的字有,不过不是"穆",是派出所,城东派出所。

张三把他爹从架子车上拽下来,对值班民警说:"有人天天聚众赌博,我管不了,这人交给你们吧。"说罢拉起架子车扬长而去。

老爷子从派出所回来后的确消停了几天。几天过后就又蠢蠢欲动了,依然是今儿焊在李四家明儿长到王五家,一副还乡团卷土重来的架势。不过,这样的日子没过多久,就被派出所给拍进去了。公安局重拳出击集中力量整治"黄赌毒",张三他爹撞枪口上了。

张三他爹出来那天,一见架子车脸色就变了。张三说爹你别嫌车不好,接送你都用架子车也是个待遇。他爹说我哪是嫌车不好,我想着你又拉着架子车把我往里头送呢。张三让老头儿备受刺激。

"怪了,公安局咋知道我又斗牌赌博?哪个王八蛋把我给咬出来的吧?"张三他爹嘟囔着。张三不爱听了,把车把一松,车头高高扬起,他爹一下就出溜到地上了。张三脖子一拧:"那不叫咬,叫揭发!"撂下车扭头就走了。

"你个龟孙啊!"老头儿看着张三的背影,差点儿背过气去。

还是因为斗牌,张三他爹突然就没了,自摸带杠上开花,

把自己站成一棵挺拔的树

张三他爹呵呵笑着紧攥着张红中，没等李四王五他们把钱交到手里人就不行了。

再说张三一干人时候不大就到了那处死的活的都得来的地方，孝男孝女白花花一片，响器班子吹出的曲调悲悲切切，张三泪眼模糊，摆着手说换换换，换成《穆桂英挂帅》。

一把唢呐一管笙吹吹打打唱的正热闹，张三突然一拍脑门，说差点忘了大事，只见他从衣兜里摸出两张麻将牌，一张红中一张发财，快步走到他爹身旁，将牌分别塞到老头手里，哽咽着说爹呀，知道你好这，往后再耍，可没人管你了。

张三大放悲声。

124